COLLECTION FOLIO

Daniel Boulanger
de l'Académie Goncourt

Mes coquins

Gallimard

© *Éditions Gallimard, 1990.*

Daniel Boulanger est né à Compiègne en 1922. Poète et romancier, il écrit une centaine de films et remet en honneur la nouvelle.

C'est à lui que les deux Académies, française et Goncourt, décernent en premier lieu le prix qu'elles fondent sur cet art.

En 1979, le prix Pierre-de-Monaco couronne son œuvre. En 1983, l'Académie Goncourt l'appelle à siéger parmi les Dix.

à ma tribu

Je n'ai vu qu'une fois Mme Sénevé dans mon confessionnal que touche en fin d'après-midi l'arc-en-ciel tombé du vitrail de l'Arbre de Jessé, mais je me rappelle son œil clair et douloureux. Sitôt agenouillée, elle posa sa main sur la grille qui nous séparait et s'en fut, d'un pas difficile.

Je trouvai un papier qu'elle avait laissé tomber. L'écriture en était ferme et notait une liste de titres que je pris d'abord pour des courses :

    La chemise rose
    Mes coquins
    Verte est l'ombre des coqs

              Dom Pistor
       Histoire de mes pénitentes

— Et à part Haendel ?

La mer dormait au soleil. Une figue éclata en tombant près de la jeune fille qui regardait l'homme évider un roseau. Ils étaient assis sous l'un des figuiers qui mettent des taches sombres et presque veloutées sur l'ensemble argenté des rocs.

— Beaucoup d'autres, mais il reste mon préféré.
— Joue-moi quelque chose qui danse.

Il posa son couteau et prit la flûte qui brillait dans l'herbe. La fille avait ramassé le fruit sanglant. Elle en croqua la moitié et offrit l'autre à l'homme sans âge. Il paraissait vieux bien qu'il eût les yeux très jeunes dans un fouillis poivre et sel, et des mains à peine marbrées aux doigts fins. Il se lissa la moustache d'un coup de paume, aplatit sa barbe et baisa d'une petite langue l'instrument avant de lancer en pointillés quelques sons très doux. Il ne se faisait jamais prier. On lui demandait même parfois de se taire ou d'aller jouer un peu plus loin, mais il n'avait pas son égal pour se faire écouter, et dans les haltes de la communauté c'était lui qui faisait la meilleure quête. On l'avait surnommé Lunettes. Une autre figue tomba et s'ouvrit comme si la lumière rigoureuse voulait rappeler son intérieur vermeil. Le sentier montait, disparaissait, reprenait sinueux jusqu'à la ligne d'encre pâle du promontoire. Le dessous du vent sentait l'âne.

– Hélène?

Il n'y avait qu'elle pour disparaître sur place! Comme il se tournait pour regarder aux quatre coins, elle surgit par enchantement derrière lui et, rieuse, lui ferma les yeux des deux mains, puis d'un saut de mouton se retourna en le montrant du doigt. Elle ne portait plus qu'un étroit linge immaculé. L'homme vacilla. C'est cela qui est étonnant dans le bonheur, on ne peut pas s'y adosser. Il n'a pas de limites et vous roulez en lui jusqu'à l'explosion. Le ciel écartant les bras, pareil aux images du Créateur, remit en place la mer, le promontoire, les sentiers, les chèvres, les murs blancs, quelques toits, une assemblée de pins sur un mamelon, l'ombre transparente du figuier et le visage d'Hélène dont les prunelles remontaient lentement de l'abîme.

Ils restèrent un bon moment à distance l'un de l'autre, au ras du sol qui tremblait de chaleur, mais la nature qui fait la morale leur dépêcha des moustiques.

– Gratte-moi dans le dos, dit-elle. Plus bas! A droite! Plus haut! Attends.

Pour le remercier, elle arracha une touffe de thym, l'écrasa dans ses paumes et lui parfuma la barbe, puis ils regagnèrent ce que partout ils baptisaient le Centre, que ce fût une ferme, une ruine, un hangar, un îlot voué à la destruction en bordure ou cœur de ville, selon que le besoin de changer de cadre les prenait, l'envie d'allonger leur collier de paysages, ou la nécessité d'aller vendre leurs vanneries, peintures et colliers.

Les compagnons préparaient le repas du soir dans une ancienne bergerie. Ils étaient quatre hommes, autant de femmes et trois enfants, dont le dernier naquit une semaine après l'arrivée du Vieux que l'on avait trouvé devant une gare du Sud-Ouest et qui avait attiré leur attention par la beauté de son jeu de flûte et son allure. On eût pris l'homme en effet pour un employé de banque sombre et cravaté, son chapeau mou retourné, près d'un étui pourpre et fatigué, à ses pieds sur un journal, mais la barbe, la forte chevelure grise, les lunettes noires et la canne blanche ajoutaient une note tragique et hautaine. Hélène se rappelait l'élan général de la troupe. Elle avait tenu conseil au bout de la place. Il leur manquait un musicien et certainement le sixième sens que possède un aveugle.

Ils s'étaient donc installés à la terrasse d'un café pour observer le personnage. C'était assez réconfortant de voir nombre de voyageurs jeter une pièce dans le chapeau du futur élu, même s'il s'agissait d'une monnaie de pitié ou, pour les charitables, de conjurer le mauvais sort. La flûte, même de loin, même gommée par le bruit des voitures et le passage des rapides, les charmait.

— Joseph, va lui parler.

— S'il a une famille ? Si c'est un flic ? Un solitaire ?

Hélène revoyait Joseph jeter un peu de monnaie dans le chapeau, attendre à deux pas la fin du morceau, aborder enfin le musicien qui se laissa guider par le bras jusqu'au café. Il lâchait à peine des monosyllabes et l'on ne voyait que la nuit dans ses lunettes. Soudain, il les ôta et l'on fut surpris de l'aisance de ses prunelles. Il souriait.

— Alors ? fit Joseph. Cela ferait plaisir à chacun d'entre nous d'entendre un petit air, car, soit dit en passant, vous avez l'air d'en tâter. Maintenant, si vous voulez réfléchir, nous repasserons. Nous campons dans une annexe abandonnée de la gare, là-bas, tout au bout de ce qu'ils appelaient la petite vitesse. Réfléchissez. Nous sommes tous libres. Nous repasserons vous voir ici.

— Je vais, je viens, dit le flûtiste, mais de moins en moins longues stations. Debout, comme ça, je fatigue vite. L'âge est là !

— Remettez vos lunettes, dit Joseph. Tout cela est entre nous. Merci de votre confiance.

— Nous comptons sur vous, ajoutèrent les femmes. Les enfants vous aimeront, ceux-là et ceux qui viendront.

L'une d'elles en riant bomba le ventre qu'elle avait déjà gros. Le musicien rechaussa ses verres noirs. Il avait envie de partir avec eux, mais il pensa à la chambre qu'il avait louée, pour deux fois rien, au sous-sol du *Terminus*.

— A bientôt, dit-il en saisissant sa canne et son étui.

— Sûrement, dit Joseph, car nous n'allons pas faire de vieux os dans le coin. Les femmes cherchent plus de soleil.

— Au revoir, Lunettes! lança Hélène.

Quand il eut regagné sa chambre, le flûtiste vida ses poches pleines de monnaie et fit ses comptes. Une pièce s'était glissée dans un petit livre qui ne le quittait jamais : une minuscule édition des Évangiles. L'étonnant était la régularité de ses gains, de quoi vivre, sans hauts ni bas comme aux jeux de bourse, et sans l'appréhension du lendemain, tant que la santé se maintient, et s'allongeant habillé sur le lit de fortune une grande douceur l'envahit. La troupe charmante lui semblait irréelle. L'argent paraissait ne pas avoir plus de poids pour elle que pour lui. Le monde qu'il avait quitté, et cela lui semblait depuis des siècles, lui revint en mémoire, pluvieux et froid, peuplé de mal élevés qui ne parlaient à tous les étages que d'argent. Son fils lui en avait fait la remarque un soir qu'ils rentraient d'un concert donné dans un salon de la ville. La maîtresse de maison leur avait donné une desserte à l'écart de la grande table et il n'avait entendu après un toast rapide à leur louange que des propos de bénéfices et d'emprunts, de taux, de marchés à terme et, précédant de subits silences, de telle ou telle faillite, que l'on chassait à l'annonce d'un nouveau cocuage dans leurs relations. Ça ne m'étonne pas d'elle! La neige enfermait tout cela.

— Lunettes!

L'appel avait la coquinerie d'un rayon de soleil renvoyé par une fenêtre que l'on ouvre. La mallette en osier dans laquelle il garde un pantalon, des sandales et une veste de rechange, il suffit d'en serrer la courroie; d'emporter à part la chemise et le caleçon qui sèchent au-dessus du lavabo. Son esprit était déjà dans la troupe ambulante et colorée dont il ne savait rien, mais il était certain tout à coup d'avoir lui aussi quelque ancêtre de la balle. Une flûte nichait depuis toujours dans son arbre généalogique et faisait frissonner les ramures de son sang. Il attendit le jour nouveau avec impatience, sans fermer l'œil. L'appel qui l'avait jeté sur les routes et lui avait fait connaître tant de chambres à la sauvette, tant de gares, de porches d'églises, de seuils de banques, de trottoirs de Grands Magasins, lui offrait cette fois un air plus large, une aisance nouvelle, la soudaine fraternité. Le passage des trains que happait jusqu'à l'étouffement l'imposte du réduit ouverte au niveau des quais saluait d'un roulement d'enfer cette promesse de ciel. Vers le matin, quand la lumière eut la minceur d'une lettre, le musicien s'endormit, les mains ouvertes.

— Nous t'appellerons comme tu veux, de ton vrai prénom, si tu y tiens.

— Victor, dit-il.

Tout était facile. Le couvercle d'une lessiveuse d'eau bouillante se soulevait sur un vieux poêle, ému par le passage des express derrière le mur en planches. Joseph découpait des mains de fatma, des croix et des pigeons stylisés dans une feuille de cuivre. Roberte tressait un panier. Hélène et Charlotte enfilaient des perles. Andersen fendait du bois. C'était le plus solide et il aimait raconter des histoires d'enfants. Térébinthe aux longs yeux noirs, la sœur aînée d'Hélène, épluchait les légumes du soir et soupesait sans cesse à deux mains son ventre où bougeait un petit. Rodolphe et Bonneteau examinaient des cartes d'état-major.

— On te demande une seule chose. As-tu quelqu'un que tu voudrais prévenir en cas d'on ne sait quoi?

— J'ai un fils, dit Victor, mais je sais ce qu'il pense. Il me ressemble. Il est dans un orchestre. Je lui ai mis le bonheur dans les doigts. J'ai fait ce que je devais faire. Et même, il joue mieux que moi.

— Ce n'est pas possible, dit Térébinthe.

— Envoie-nous un air, dit Bonneteau qui mesurait les distances en faisant tourner un crayon.

Andersen ficha sa hache dans une bûche.

— Ma parole, tu nous manquais, dit-il, et c'est curieux, quand je t'écoute et que tu arrêtes, c'est comme si tu m'avais écrit quelque chose, je n'ai plus qu'à le raconter. Par exemple, qu'est-ce que tu jouais ce matin?

— Du Haendel.

— Je m'en doutais! Des carrosses passent, avec des trompettes et des plumes. Une vitre s'abaisse. Tu aperçois une perruque noire, un visage de craie avec une mouche. La baronne cligne de l'œil et des tambours lui répondent. Tu crois que les chevaux vont s'arrêter, mais le bas des branches dans les allées gratte de plus belle le dessous des voitures. On sent qu'il va y avoir, là-bas, au château dont les fenêtres s'allument, une nouvelle extraordinaire.

— J'ai mal, dit Térébinthe. Il va venir. Il est là.

— Tout est prêt, dit Roberte. Tu peux rester, Victor, au contraire.

Mais il sortit du hangar et Hélène le rejoignit. Une rangée de peupliers frémissait au-delà des voies, devant des pavillons malades et clos.

— Andersen ira le déclarer demain, dit-elle. Un jour, peut-être, ce sera ton tour.

Un cri les fit rentrer. C'était une fille pleine de cheveux. Joseph l'appela Marie. Roberte était à genoux près d'une bassine, avec les pourpres et les ombres crémeuses d'un Tintoret. Exactement la toile au musée de la ville, là-bas, dans le passé qui devenait légendaire. Victor dut s'asseoir.

— Térébinthe ira voir un médecin pour que tout soit en ordre, dit Joseph, nous partirons dans huit jours, comme prévu. Si elle n'avait pas été si lasse, nous aurions déjà plus de soleil.

— Nous ferons une bonne halte ici, précisa Bonneteau en montrant un point sur la carte, à Valreilles. Il y a trois ruisseaux, des coins de chasse, et c'est le temps de la foire. Nous atteindrons la mer à l'été.

Le dimanche suivant, Victor alla jouer à la porte de l'église. Quelques femmes sentaient le bonbon anglais, acides et peintes. C'était l'odeur de sa maison. Il en ferma les yeux et revint avec des aumônes dérisoires. L'un des fidèles avait jeté dans son chapeau une petite croix qu'il avait crue d'abord en argent, mais qui était en laiton, semblable à celles que découpe Joseph et que l'orfèvre avait dû vendre dans la semaine, en faisant pitié. Il imagina le périple du pauvre bijou, de charité en charité. Il n'osa l'offrir à Hélène et le déposa dans la boîte en fer-blanc où Joseph remise sa production. La nouveau-née de Térébinthe était devenue le centre du monde. La lumière avait une douceur de lait et les amis n'auraient manqué pour rien au monde d'assister à chaque tétée de Marie. Les seins de Térébinthe leur donnaient envie de chanter. Dès l'arrivée de la nuit, Victor prenait sa flûte et chacun suivait le fil d'or qu'il dévidait dans l'ombre. Un soir, Joseph se mit à rire.

— Je suis donc si gai ? demanda Victor.

— Ma casquette ! s'écria Joseph. En allant déclarer Marie (Andersen et Bonneteau sont témoins, ils m'accompagnaient), j'ai sorti nos vieilles cartes d'identité, à Térébinthe et à moi. Nous habitons toujours à Paris. L'employée, qui descend de la cuisse de Jupiter, comme elles le croient toutes dès qu'elles manient les tampons, me demanda si j'étais bien celui qu'elle avait vu, entre midi et deux heures, vendre des colliers sur le marché.

« — Pour vous servir, dis-je. Je suis de passage.

« — On ne peut pas être ici et là, dit-elle.

« — Je vous assure que si.

« — Pauvre petite !

— Pauvre Marie ! coupa Andersen, mais tu ne racontes pas le plus beau. Nous redescendons l'escalier de la mairie. On arrive à la porte. Joseph avait oublié sa casquette. Un type arrive et demande au planton l'état civil.

« — Vous ne savez pas lire ?

« Et il indique la flèche : État Civil. Le type monte en même temps que nous. Au premier étage, il redemande : l'état civil ?

« — Vous ne savez pas lire ? C'est écrit là. Avec une flèche. Au-dessus !

« Il monte, il entre. On le suit. Joseph voit sa casquette, là-bas, devant le troisième guichet, mais l'individu s'adresse à la préposée devant la porte : l'état civil ?

« — Vous voyez la pancarte ? dit-elle en montrant au-dessus d'elle une nouvelle flèche qui indiquait le bout de la salle. Vous ne savez pas lire ?

« Alors l'homme rugit :

« — Non, je ne sais pas lire ! Je ne sais pas lire !!! — et pris de fureur il défonce le comptoir, saute par-dessus, brise une chaise et détruit une à une les machines à écrire. Les employés s'enfuient. L'homme continue son saccage. Nous avons fait demi-tour.

— J'en ai laissé ma casquette, continue Joseph. La police est montée. On a ceinturé l'homme. C'était un marinier. Il venait déclarer la naissance d'une Marie, à lui. Il ne savait pas lire, en effet.

— Le pauvre, dit Charlotte. Je crois que je pourrais vivre sur une péniche.

— Nous sommes sur une péniche, mais sans eau, je veux dire sur toutes les eaux que tu désires, dit Andersen. Ferme les yeux, Charlotte ! C'est le secret.

— J'ai remarqué, dit Victor, que tu fermes les yeux quand tu racontes une histoire.

— Comme toi, quand tu joues.

Victor, les coudes sur les genoux et le front contre la flûte qu'il tenait des deux mains, regarda Marie dans sa corbeille, près du matelas de Térébinthe, et les deux autres petits qui dormaient dans un hamac.

— J'étais, dit-il, comme les employés de la mairie dont tu parles, Joseph. Un beau jour, j'ai eu la visite du marinier.

— Tu étais fonctionnaire? demanda Hélène étonnée.

— Je le devenais.

Il se leva et lança :

— Car enfin, qu'est-ce qu'un orchestre?

— On ne te demande rien, dirent d'un même élan Joseph et Bonneteau.

— Mais ça me fait du bien! dit Victor.

— En ce cas, dit Charlotte, nous sommes tout ouïe. J'espère que ça ne sera pas trop triste. Le mot fonctionnaire est si débilitant déjà en lui-même.

— Ne l'influence pas! s'écria Andersen. Pourquoi ne composerait-il pas la *Symphonie des fonctionnaires*? Molto lento. En mineur, avec beaucoup de points d'orgue.

— Joue-nous plutôt ton Haendel, dit Hélène.

— Je vais vous dire ce qu'est Haendel, reprit Andersen.

— C'est surtout de la musique, dit humblement Victor.

— Vas-y, quand même! Je traduis en dessous, ne joue pas trop fort, que tu m'entendes!... Un rai de lumière vient de la fenêtre de gauche et nous fait découvrir les fleurs géométriques d'un tapis, le pied cannelé d'une table, un globe terrestre où le vert l'emporte sur le jaune. La main d'un homme solide le fait lentement tourner, et les rondeurs de la sphère finissent par épouser les murs rigoureux de la salle tendue de cuir où l'astronome est vêtu d'hermine... Victor, tu t'arrêtes ? Quand la comète allait passer !

— Il a sommeil, dit Hélène. Nous avons eu une rude journée.

A l'ombre du cèdre, orgueil du jardin public, Charles regardait le jet d'eau se défaire, se refaire, hésiter et persévérer. Cette incessante dissipation formait cependant la plus chatoyante des structures. Il y avait de quoi philosopher, mais la cloche annonça la fermeture. Mouchet le gardien arriva, boitant, avec sa clé aussi haute que lui, souleva la plaque en fonte au pied du bassin et coupa l'eau. Charles vit l'effondrement ensoleillé et sentit au fond de lui l'entrelacs des allées, les bosses du gazon, les arbres las dans la lumière horizontale, le silence velu.

— Toujours la flûte, monsieur Sénevé? C'est ce qui vous rend si jeune!

— Je vais avoir trente ans! dit Charles d'un ton de centenaire.

— Ah!

Mouchet descendit toute une octave avec ce ah!, le doigt tendu vers l'étui noir que Charles tenait sur ses genoux. Il voulait dire que le temps passe.

— J'ai bien connu Victor, votre père. Vous et lui,

tel et tel! Chaque soir, avant l'Opéra, un petit tour au jardin. Par tous les temps! Je vous remercie pour *La Grande Sémiramis*, mais c'est un peu long, vous ne trouvez pas? J'étais pourtant bien placé. Je n'ai regardé que vous dans la fosse. Tout le monde n'a pas l'honneur de connaître un artiste.

— Vous exagérez! dit Charles. Comme de baptiser Opéra notre théâtre.

L'ah! d'une nouvelle octave monta, cette fois.

— Votre père, on ne sait toujours rien? demanda Mouchet.

— Rien.

— Ça fait plus d'un an, maintenant.

— Un peu plus, dit Charles.

— Et jamais de nouvelles? Pas une lettre?

— Non.

— S'il lui était arrivé malheur, on l'aurait su, quand même! On ne disparaît pas comme ça, du jour au lendemain.

— Si, dit Charles.

— Bien sûr, les hommes sont tellement seuls! M. Victor me parlait de vous pourtant, de vos concours, de vos premiers prix. Il vous aimait bien.

— Moi aussi, dit Charles.

— Il faut croire que ça ne suffit pas. Moi-même, monsieur Sénevé, j'ai voulu partir, figurez-vous. Mais pour aller où? Dans un autre jardin gâteux? Et peut-être sans jet d'eau? A vrai dire...

Il remonta son pantalon et découvrit sa jambe de bois.

— Voilà le travail. C'est elle ma sagesse. Vous voyez que la guerre a aussi du bon. Si votre père...

Enfin, on ne peut pas souhaiter le passé! Il est peut être heureux.

— Je le pense, dit Charles, parce que ce serait trop injuste.

— Et puis ça a assez fait de bruit. La police! Les journaux! Toutes les longueurs d'ondes! A chaque repas pendant une semaine. « En pleine tournée un flûtiste passe à l'Est! » Et tout à coup on claironne le contraire : il a disparu pendant le retour! On a même dit que c'était pendant le voyage d'aller, peut-être même avant. On a tout dit.

— Et rien, ajouta Charles.

— C'est ce que je veux dire. Tout à coup plus rien. On passe à autre chose, chaque misère a son temps d'écoute. Bonne soirée, monsieur Sénevé!

Charles s'en alla vers la grille et regarda l'affiche de *La Grande Sémiramis* jaunie sur son panneau, à la sortie du jardin. Dans l'œuvre qu'il jouait deux fois par semaine depuis des mois et dont on voyait la fin des représentations, il aimait surtout le premier acte, lorsque, avant de devenir reine de Babylone, Sémiramis n'est que Mme Omnes. Son mari le gouverneur la délaisse pour des comptes qui n'en finissent pas, et elle n'a de cesse que d'attendre la nuit où, sous les murs du palais, un homme du peuple, chevrier ou soldat, viendra chanter pour elle et y laisser sa tête. Alors, dans un décor de taureaux ailés, le flûtiste en solo donne toute son âme, mais un fracas de cymbales mettait un terme à l'élan nocturne. A la fin de l'acte il y avait bien une reprise de la flûte, d'une douceur de sang, lorsque l'on tranche la tête du téméraire amoureux, mais

Charles Sénevé devait attendre le troisième acte pour retrouver la suprématie militaire cette fois, à la tête de l'armée qui s'en va vers les Indes. S'il compte pour peu la halte lascive où, pour attiser la future victime et ses déchaînements, Sémiramis au milieu des tentes exécute une danse du ventre devant ses troupes vêtues de longues robes, et l'ombre se déploie en vagues d'argent, Charles espère le bouquet d'arpèges qu'il ajoute au jet d'eau, pendant le repos de la reine, au retour de l'expédition. Dans un raffinement du metteur en scène, le chef des eunuques court inlassablement autour de la gerbe mouvante, un roseau aux lèvres.

Il traversa le boulevard où le sentiment de la vie devient si intense, si fragile, et se retrouva sur l'arrière de l'Opéra, entre les cariatides qui soutiennent l'entrée des artistes. Par superstition, il ne pénétrait pas tout de suite dans l'immeuble, palais mouluré de masques et de lyres, mais il en faisait le tour et saluait la façade aux profondes orbites, tragique et voilée d'or, qui laisse tomber sa mâchoire en éventail d'escalier. En face, au parc de stationnement, des cars déjà s'alignaient, venus des écoles et de l'étranger où *Sémiramis* avait de l'écho. On donnait les dernières représentations. Il avait été question de partir en tournée, mais, depuis la disparition de Victor Sénevé, le directeur avait fini par y renoncer.

— Toujours rien, Charles ?
— Non, monsieur le Directeur.
— Disparaître sans même laisser un peu de fumée ! Je vous demande pardon, mais je vous parle

comme à mon fils. Il me semble que je suis moralement responsable. Asseyez-vous. Responsable de l'évanouissement de votre père et de votre entrée dans notre maison. Étonnante famille! Vous n'avez ni oncles ni tantes, soit! Mais on a des cousins, même très lointains. On a des rêves! qui nous transmettent des paroles vraies! Les morts ne sont pas si morts que cela et nous parlent. Je ne vois pas que nous puissions inventer ce qu'ils racontent. Je rêve d'inconnus, c'est qu'ils ne sont pas inconnus. Vous me suivez? Je vous lasse? Votre père ne vous a pas retrouvé en rêve, ne vous a pas confié au hasard d'une nuit...?

— Non, monsieur le Directeur, jamais. Je pense à lui éveillé, certes, mais il ne me dit jamais rien d'autre que ce que j'ai déjà entendu.

— Quoi donc?

— Toujours des questions de solfège, de rythme, de souffle, de rapports d'un texte à un autre. Il n'y avait pour lui qu'une unique flûte, mais d'innombrables doigts et lèvres sur elle.

— Il n'avait aucun autre souci?

— Celui de mieux faire, toujours.

— Pas de mal caché? Pas de secrets? Pardonnez-moi, pas de liaisons?

— A ma connaissance, non.

— Mais enfin, la nature a des exigences.

— Il devait les avoir.

— Vous-même...

— Moi-même?

C'était toujours le même entretien dans le bureau directorial, au foyer, dans la salle déserte, au vestiaire, à la sortie d'une répétition, une fois même dans les combles de l'édifice, que le directeur avait voulu lui faire connaître, comme à chacun de ses collègues, parce que l'on doit tout savoir du corps que l'on a choisi, de même que celui de chair et d'os qui nous a été prêté. C'était toujours le même mystère.

— Vous lui ressemblez, Sénevé. Quand on parle de jumeaux, on ne voit que ceux qui naissent ensemble, mais il y a des jumeaux de deux générations.

— C'est vrai que je lui ressemble, dit Charles. Sa photographie à la maison, c'est moi dans un miroir.

— Et puis il m'arrive de croire à l'absurde; mais n'entrons pas dans la métaphysique. Qu'il ait choisi la liberté à l'Est, j'y ai cru. Ceux qui ont sauté le mur de notre côté ont-ils respiré mieux dans cette bagarre d'argent, cette marée de publicités, de veuleries, de compromissions? Ah, certes, le temps de changer de bât, comme dit l'âne! Mais en plus d'un an il ne s'est pas ravisé? Il vous aurait fait signe. Il avait mis ses espoirs en vous.

— La liberté est personnelle, dit Charles, une pour chacun...

— Alors, parlons de la vôtre. Comment vous sentez-vous?

— ... et journalière, il me semble, une liberté pour chaque jour.

— Vous dormez bien?

— Huit heures.

— Plus cinq de flûte. Ajoutons deux pour les repas et la toilette. Il en reste neuf. Alors?

— Deux pour la lecture, une pour la marche.
— Et les six autres ?
— J'improvise.
— La flûte ?
— Pas toujours.
— Les femmes ?
— Pas toujours.
— Holà ! Vous n'allez pas me dire... Vous n'êtes pas comme notre timbalier ?
— Non.
— J'aime mieux ça. Ce pauvre Fred ! Vous avez vu sa poitrine ? Une nourrice ! Et il la laisse aller ! Il a l'air de vous l'offrir.
— Pourquoi pas ? dit Charles.

Le directeur s'examina dans le miroir en pied qui se trouve coincé entre deux classeurs et rajusta sa cravate, en même temps qu'il se demandait si l'on pouvait être anarchiste et faire partie d'un orchestre. Il regarda le reflet de Charles, les bras croisés, debout face au bureau où l'ordre règne devant une rose qui s'effeuille dans son vase à long col.

— Regardez cette coquine, Sénevé ! La nature ne connaît pas l'ordre en effet. Elle sème le désordre.

Il ramassa les pétales en les pinçant avec deux doigts et les fit tomber dans la corbeille à papiers.

— Mais ne vous méprenez pas sur Fred. C'est le plus vigoureux timbalier que je connaisse. Il m'a dit qu'avant-hier vous avez eu une cadence exceptionnelle au troisième acte, un enchantement, quand Mme Omnes oublie son mari pour devenir la grande Sémiramis et confie sa joie au jet d'eau.

— De la fosse je ne vois rien, dit humblement Charles, mais ça s'est bien trouvé. Le jet d'eau avait des faiblesses au même moment. L'un des machinistes avait heurté et désemboîté le tuyau.

— Je crois aux correspondances, aux affinités, Sénevé. Il est l'heure. Je ne vous retiens pas davantage.

Charles se faufila dans l'orchestre où ses collègues réglaient leurs instruments et vint s'asseoir près de Jeanne Favorite, qui finissait d'essayer sa clarinette et se penchait sur le hautbois de son voisin.

— As-tu fermé le gaz?
— J'ai oublié, j'y vais! dit-il en se levant brusquement, puis il se rassit et sourit à sa femme qui se tourna vers Charles.
— Il ne changera jamais, dit-elle. Je suis sûre qu'il l'a fermé.
— Pourquoi le lui demandez-vous? dit Charles avec gentillesse.
— Parce que nous sommes des époux très gais. Le Volatile est nerveux, ce soir, regardez-le!

Les applaudissements de la salle l'interrompirent. Ils saluaient l'arrivée du chef dont le plastron éclatant sautait de violon en violon jusqu'au perchoir pour saisir sa baguette et s'incliner très bas. Ses ailes de corbeau tombèrent et il les ramena d'un coup de tête, en se redressant fièrement. Le silence fut subit, un désert, et les premières notes eurent une fraîcheur de pluie. Charles, qui n'avait rien à souffler avant vingt-deux mesures, leva la tête vers la coupole enguirlandée de muses et d'anges dont les couleurs troublent l'ombre parme. Dans l'espace à chaleur de serre, du terreau de la fosse montaient les ramures, où tous les auditeurs réduits à la taille d'oiseaux allaient nicher et couver. La musique n'était plus que le bonheur de l'air s'enlaçant lui-même pour se reproduire à l'infini. Sur un signe du maître, Charles attaqua sa partie, une sorte de fil qu'il dévidait en zigzaguant dans les couloirs des cuivres pour les tirer tout à coup et amener sur la scène, de l'ombre des coulisses à sa terrasse éclatante, Mme Omnes. Après un rapide salut à la salle qui l'acclamait, effaçant le solo de Charles, Mme Omnes leva un sourcil vers le Volatile, et le premier grand air put commencer. Charles n'entrait plus depuis longtemps dans le rêve qu'il servait au public. Il se contentait de coudre de son mieux les morceaux du costume qu'offrait l'opéra et, sans jamais épouser les désirs de Mme Omnes ni ceux des farouches qui veillaient sur elle, il s'étonnait pour la énième fois d'être encore là, ce soir, dans cette fosse. L'image de son père se trouva soudain devant tous les pupitres, éclairée à la diable par les veilleuses des partitions, et Charles fit une fausse note. Le pied de Mme Favorite toucha ironiquement le sien, mais Charles au lieu d'en ressentir quelque honte sourit entre deux reprises de souffle, se laissa entraîner par l'orchestre et fondre de nouveau en lui. A l'entracte, quelques camarades lui tapèrent sur l'épaule en avouant qu'ils ne le pensaient pas à ce point émancipé. Il se retrouva avec les Favorite devant une carafe d'eau dans la lumière froide des vestiaires.

— C'était gentil la petite visite que nous vous avons faite, dimanche, mais, Charles, ajouta la clarinettiste, dites-nous ce qui ne va pas. On vous voit changer de couleur depuis quelque temps.

— Toujours l'histoire de votre père? demanda M. Favorite. Je vous ai dit, j'ai mon idée là-dessus. Je l'ai bien connu au Conservatoire. Nous ne nous quittions pas. C'était un garçon entrouvert. A la maladie de votre mère, il s'est fermé. Je crois qu'il a trouvé cela injuste. Il n'a vécu que pour vous et vous êtes devenu son portrait, sa réplique, son double ou plus exactement le soleil dont il devenait l'ombre. Pardonnez-moi une fois encore d'être aussi franc, mais il n'a cherché qu'à disparaître. Il attendait l'occasion. On ne connaît jamais l'occasion des autres, même pas la sienne! et c'était un homme si discret. Je vous le dis, Charles. Il ne faut pas le plaindre. Il a réalisé son chef-d'œuvre.

— C'est dur pour les autres, dit Mme Favorite. Ne fais pas croire que tu n'as pas de cœur.

— Non, non, dit Charles, M. Favorite a sûrement raison.

— Et puis, reprit-elle, vous êtes dans ses meubles. Rien n'est à vous. Pour la loi, il est toujours vivant. On devrait toujours penser à sa succession. Imaginez que vous vouliez vendre. Parce que c'est quand même petit. Le jour où vous aurez femme et enfants... Mais je dispose de vous, Charles! J'en fais à ma tête! Où allez-vous en vacances? demanda Mme Favorite.

— Je n'y ai pas pensé, répondit Charles.

— Il ne bouge pas! On l'invite et il ne vient

jamais! Il faut aller le déloger! A la rentrée, Charles, je vous sors de force!

La sonnette grelotta, qui les appelait pour le dernier acte. Les époux le laissèrent passer devant eux.

— Un garçon dans la force de l'âge, murmura Mme Favorite, avec un bel avenir bien tracé! Résultat : toute la misère du monde! Oh, toi!

Elle donna un coup de tête affectueux à l'épaule de son mari.

— Je pense, murmura M. Favorite, qu'il ressemble de plus en plus à son père. Il y a des choses contre lesquelles on ne peut rien.

Le rideau se leva sur les jardins suspendus. Un esclave éventait la reine Sémiramis assise près du jet d'eau. Elle regardait, volumineuse, la lune posée sur un palmier. La musique, degré à degré, élevait avec sûreté un escalier monumental. Charles caressait des lèvres sa flûte en amoureux timide, mais décidé. Sur un coup d'œil du Volatile, il attaqua. La voix de Sémiramis lui répondit. Elle disait qu'enfin ce soir elle était avec elle-même, que les fleuves et les Indes, les tigres, les éléphants, la poussière et le chant des troupes en marche ne valent pas cette heure de solitude, d'autant plus bénie que pas un homme ne viendra la troubler. Il n'y a que cette mécanique noire et muette, ce grand Soudanais qui agite si doucement l'éventail de plumes. Elle a même oublié qu'il s'appelle Jos Brück, un fils de brasseur, et qu'il est blanc comme une oie, on le voit à la naissance du cou lorsqu'il s'incline. Les violoncelles prirent le relais. Charles posa sa flûte sur ses genoux. Il avait trente mesures de répit, et, levant la tête, une nouvelle fois la sensation d'être une plante en pot lui serra les épaules. Les voiles des muses eux-mêmes s'immobilisaient au plafond dont l'or tournait à la poussière.

— Oui, murmura Charles.

Mme Favorite jeta un œil sur lui puis sur l'énorme lustre éteint qui paraissait le fasciner, mais le Volatile dirigea vers elle sa baguette. La clarinette salua l'entrée en scène du mage qu'avait appelé dans un dernier soupir la reine inquiète de tant de bonheur, et Mme Favorite acheva de tourner en belle ronde une sphère transparente.

« Oui, un herbier, pensait Charles, je suis dans un herbier et il me faut la prairie. »

Le mage expliquait à Sémiramis que tout se ramenait à un jet d'eau, nous-mêmes, l'amour et l'empire. C'était le grand moment de la flûte. Charles, pour qui toute la salle, cette fois, retenait son souffle, se rendit compte qu'il était lui aussi devenu une mécanique, magnifique et dérisoire. Le rideau tomba sur un triomphe. On pouvait faire relâche en toute tranquillité. Le Volatile fit se lever les musiciens. Charles regarda la salle, cette gueule pleine de dents, bourrée de laine. Il en frissonna. Le boulevard lui fit du bien. Il longea la grille du jardin public, des murs, d'autres grilles, mais la lune était libre et fraîche.

Son lit n'était pas fait, mais il aimait le désordre des draps. Il retapait l'ensemble une fois par semaine ou c'était l'affaire de Mme Favorite qui surgissait de temps à autre vers le milieu de l'après-midi et ne s'en allait jamais sans nettoyer les miroirs et donner un coup de balai. Charles s'accouda à la fenêtre. Il pensait rarement à Jeanne. Pourquoi ce soir? Elle n'a de mystérieux que la facilité du mensonge. Le mystère est un bien grand mot, et ce soir je suis sans désir. Alors? Il se détourna de la rue silencieuse. Jeanne ressemble à cette table, à ces deux fauteuils à oreilles, au globe terrestre sur la cheminée, à ces étuis de flûte, au porte-musique, aux poignées en porcelaine des trois chambres et de la salle à manger. Un objet. On ne peut pas dire qu'elle est jolie. Sa voix peut-être, mais pas ce qu'elle dit. Des mots objets, pratiques. Arrête. Je me tourne. Garnement. Au plaisir! En s'en allant, elle ferme de l'extérieur, et, par le jour entre la porte et le carrelage du corridor, elle glisse la clé que je ramasse en me levant, au petit matin. Charles se coucha et, en attendant le sommeil, comme à l'habitude, il vit sous ses paupières closes son propre visage apparaître, mince et de nez droit, pâle sous le vert des yeux, grave mais souriant, dans une sorte d'interrogation et de merci, puis l'image s'éloigne à reculons, si lente et perdant la mémoire. Il s'éveilla dans le jour très beau, croqua une pomme, se fit un pot de café et prit une partition. Il lui fallait une bonne heure pour ne plus faire qu'un avec la flûte, mais la fatigue, les nerfs, le faisaient s'asseoir, se relever, sans jamais quitter le labyrinthe enchanté dont les compositeurs depuis l'aube des temps lui fournissaient un fil interminable. S'il arrivait qu'il se rompît, Charles le renouait de nœuds improvisés, et son cœur était gai. A la vitre, le jour sur l'arête des toits l'accompagnait d'une danse facétieuse, et vers midi, lorsque la symphonie des rues, des arbres et des nuages emplissait le cadre de la fenêtre et d'une vague profonde toute sa vie, Charles se laissait emporter. Soleil, neige ou pluie n'étaient que variations. Il fit sa toilette, qu'il accompagnait toujours d'un bulletin d'informations. Le charabia le décapait. C'était merveille d'entendre notables et ministres déclarer que la faim dans le monde « posait question » et que la pollution « faisait problème ». Il y avait aussi le dessert des cuirs et l'alcool de haute teneur des fautes de syntaxe, la prétention et le rien. Un nuage assombrissait son plaisir, mais s'éloignait rapidement.

C'était le souvenir de son père aux mots simples et rigoureux. Charles avait l'impression qu'en sortant pour la promenade, les emplettes de table ou la fantaisie du restaurant, il allait un de ces jours le rencontrer, entendre les raisons de son départ, mais dans le même moment il était assuré de les connaître. L'envie de prendre la route à chaque heure devenait plus impérieuse, et il sentait sa propre poussière jouer avec les vents dans la liberté clairvoyante. Il n'allait plus rencontrer que des égaux, sans uniforme, sans étiquette, sans grade, sans pose, sans langue de bois, chacun suivant sa partition secrète soudain exposée, joyeuse, simple, d'un naturel sans remords et si vif. La grâce! Il se retrouva comme en ses jours fastes à la table d'hôte de *La Truite heureuse* que fréquente au bord du fleuve, non loin du pont dont l'élégance enchante son grand écart facile, un peuple gourmand dont on ne reconnaît plus le métier ni l'état, bien qu'il s'y glisse de temps en temps quelque personnel politique, mais les importants y perdent leur suffisance et retrouvent une voix compréhensible et soudain désabusée. C'est que la chère est bonne, d'un prix honnête, loin des sauces de fond et des modernismes chichiteux. Charles remerciait aussi le ciel que la salle se contentât des rires, du choc des verres et des couverts et qu'elle ne baignât point dans un fond de valse viennoise ou de chanson de charme. Il avait eu cent fois, à cette place, le désir de n'en plus bouger, mais il fallait bien partir et il allait marcher un long moment au bord de l'eau, en contrebas de la route à ferraille, les yeux à demi fermés sur son bonheur au fragile équilibre. Ah, ne plus regagner le domicile si fermé si petit, où même l'arrivée inopinée de l'amour semble inscrite comme les fauteuils à oreilles, les chenets, le tapis dont on voit la trame et sans plus de poésie que les robinets au-dessus de l'évier et la paillasse où sèchent, retournées, cafetière et tasses. La qualité du plaisir de Mme Favorite ne laisse pas de l'intriguer. La satisfaction de Jeanne lui paraît électorale, un contentement d'affiche. Le coup de menton de la victoire! Qu'en dis-tu? Tu ne trouveras jamais mieux! Mais enfin, Jeanne le fait sourire et ne le laisse jamais amer. Quel art de cacher à Charles toutes les autres femmes, de leur couper l'herbe sous le pied, et de lui apprendre à ne devenir jamais un M. Favorite! Souvent, dans la fosse d'orchestre, Charles jetait un œil vers le mari, non pour le plaindre ou lui lancer un regard ironique et triomphant mais pour surprendre s'il était au courant et tranquille, son mal localisé, mais le hautbois gardait la sérénité des indifférents, l'assurance des satisfaits. En quelque sorte le contraire d'un artiste. Favorite n'a-t-il pas des élèves? Jeanne, elle, ne donne pas de leçons. Elle offre. Elle ne s'impose pas. Nous nous ressemblons. Je me demande même si elle le trompe. Dans ces natures qui n'ont aucun sens moral peut-on faire un parcours fléché? Soudain, Charles vit son père dans les bras de Mme Favorite. Ne venait-elle pas déjà à la maison avant sa disparition? Il chassa l'image, mais elle revint.

Son père se laissait entraîner d'un fauteuil à l'autre et du lit sur la commode, et Jeanne souriait à Charles. Ton tour viendra! Il se passa la main sur les yeux et se pinça longuement le nez. Quel truqueur nous distribue un tel jeu de cartes? Biseautées, transparentes, peintes à l'encre sympathique et faisant de toutes mains celles d'un perdant! Heureusement, Charles revit son père pris d'un fou rire alors qu'ils achevaient, devant le miroir de la cheminée, un matin qu'ils se mettaient en forme, après le premier prix de Charles, le quinzième duo pour flûtes seules de Girolamo Crescendi. Le père Sénevé était si heureux qu'il prit le globe terrestre en émail qui trônait entre eux et leurs reflets.

— C'est ce que j'ai de plus précieux. Il est à toi. Il a toujours été dans la famille. Un travail espagnol du temps des caravelles.

— Je sais, tu me l'as dit.

— On ne se répète jamais assez, dit M. Sénevé. D'ailleurs on ne peut faire que ça, et chacun sa note!

Il remit la sphère entre les mains de Charles. Des nacelles de cuivre couraient les mers laiteuses.

Une grande douceur envahit Charles et dissipa les images vulgaires, les assauts de chair triste, qu'un diable venait de lui mettre sous les yeux. Le fleuve martelé mettait en copeaux la lumière. Charles arriva aux écluses, domaine en suspens. Les pavillons belges et allemands donnent un air grave aux péniches et font soupçonner l'eau d'intimités jaunes et noires. Il aperçut à plat ventre dans les herbes Fred le timbalier.

— Charles! dit Fred en époussetant du bout des doigts sa poitrine. Vous venez vous perdre au bout du monde! Quel bonheur d'avoir enfin lâché cette *Sémiramis*. Je la déteste. Toutes les femmes sont d'ailleurs des Mme Omnes, des Madame tout le monde et n'importe qui, avec ce grand désir de nous régenter les jours et les nuits.

— L'an prochain nous servons Nabuchodonosor, n'oubliez pas! dit Charles.

— C'est le bon Babylone, dit Fred en se levant dans un cliquetis de bracelets. Mais laissons l'opéra, parlons de nos petites œuvres. Nous sommes à deux pas l'un de l'autre et nous ne nous parlons jamais. Il y a toujours une Favorite pour vous entraîner. Allez, allez, j'ai l'œil, vous savez! Les maris font de bons paravents, mais le pauvre Favorite n'a pour moi que l'épaisseur d'un papier, mal peint.

— Vous êtes une méchante langue! dit Charles.

— Et longue, ajouta Fred. La nuit je la tire à fond et je la presse entre mes seins, mais restons sérieux. Je ne vous poserai aucune question sur votre père, Charles. Je pense qu'il n'y a rien de nouveau?

— Si, dit Charles qui sentait en lui des doigts nerveux remonter un ressort.

— Voilà qui va faire du bruit.

— Chaque fois que j'écoute un concert, de Boston à Berlin, d'Hilversum à Madrid, je l'entends.

Fred baissa ses longs cils. Décidément, le flûtiste lui plaisait.

— Vous avez raison, Charles, mieux vaut sourire du mauvais sort et lui montrer les fesses. Il finira par vous faire plaisir. Je n'ai jamais cru que vous étiez sans cœur. Vous le cachez, voilà tout, et vous savez bien que je ne me moque pas. Je lisais dernièrement une enquête : une personne disparaît tous les quarts d'heure dans notre cher pays, sans que l'on en retrouve jamais trace.

Comme Fred se taisait, Charles l'assura qu'il avait été content de le rencontrer et lui souhaita une bonne fin d'après-midi, mais l'autre poursuivit, en montrant du doigt les péniches :

— Disparaître! Autrefois, j'ai songé à partir sur l'une d'elles.

Charles regardait aux poignets de Fred les bracelets d'or, d'ivoire et de poils d'éléphant que le timbalier devait serrer dans sa poche pendant les concerts.

— Mais vous êtes là, dit Charles, et vous n'eussiez fait qu'un petit voyage de routine.

— Vous dites vrai! Ils étouffent là-dedans. Travail, famille, cabine, voilà les mariniers! Ce sont eux qui viennent à moi. Un jour de promenade je m'étais assoupi sans rêve, ici. J'ouvre les yeux et je vois un gaillard qui me regarde en souriant de son haut. Un Anversois. Il m'a raconté son enfer. Je devins son paradis. Il passe tous les six mois. Je l'attends.

— Et vous vous en contentez ? demanda Charles inquiet.

— C'est mon héros, dit Fred sans malice. Entre-temps je bouche les trous avec ce qui se présente, des gars de la Moselle, d'autres qui viennent du Rhône.

Il toucha du bout des doigts la main de Charles et sourit.

— A la noire jalousie de celui que vous voyez là-bas, dans la tour de contrôle, le maître éclusier, un grand voyou qui s'est longtemps ignoré.

L'aplomb de Fred touchait à la candeur. Voilà donc ses moyens de vivre.

— Il vous plaît? demanda Fred. Vous lorgnez mes bracelets. Lequel vous plaît? Il est à vous.

Le timbalier défit le poil d'éléphant et le tendit à Charles.

— Faites-moi plaisir. En merci pour votre jeu. Vous êtes pour moi le meilleur de l'orchestre.

Charles accepta et s'éloigna à reculons. Fred avait un bon sourire. Une chanson traversa la mémoire de Charles. « Veux-tu serrer ma main, ne quitte pas la ronde, vivons jusqu'à demain, nous connaîtrons le monde. » Et il se retrouva en bout de banlieue, à la lisière des champs. Il y a là un calvaire, dressé lors d'une mission de plus d'un siècle, en souvenir d'un hiver sans égal et pour supplier le ciel qu'il n'en revienne jamais d'aussi infamant. Pourtant la splendeur des ors et le velouté des collines au-delà des blés composaient la plus assise des symphonies, large et puissante, qu'aucune œuvre entendue par Charles n'arrive à égaler, aussi différente en génie que la coupole tatillonne du théâtre l'est de celle du ciel où le bleu intense se satisfait de lui-même, simple et d'un seul tenant.

Il s'assit sur le socle de la croix et, pour un long moment, s'imagina que l'on venait de l'y déclouer. Tout lui parut simple. Le bonheur est là, dans la franchise du paysage, et bien évidemment au-delà, d'horizon en horizon. Il regretta de ne pas avoir sa flûte sous la main. Il avait envie de traduire l'aise qu'il éprouvait jusqu'au frisson. Par miracle il n'y avait plus de timbalier, de Favorite, de fosse aux veilleuses borgnes, mais dans une lumière sans rivale la certitude que le monde nouveau commence ici, en ce moment, et pour souligner l'évidence il entendit un passage de *La Flûte enchantée*, le son sans attache tel que savait le donner son père. Il glissa de la pierre à l'herbe et s'endormit. Quand il rouvrit l'œil, le ciel s'était creusé et il eût fait l'amour avec la terre, mais il se menaça gentiment du doigt et rentra avec ses désirs gamins.

Il trouva dans sa boîte aux lettres la facture du gaz et cinq appels de partis politiques, écrits la gueule ouverte. Quel métier! Charles, qui trouvait le jour de bon augure, les jeta à la poubelle sans les froisser, puis il alla se laver les mains pour fourrager dans l'armoire où des partitions remplacent draps et confitures. Il posa sur son pupitre les variations sur un chant révolutionnaire du citoyen Létincelle, dont son père avait retrouvé le manuscrit dans les Archives du Théâtre. Décidément, c'était une heureuse journée. Au souffle de Charles des farandoles sortaient des porches, laissaient tomber à chaque pas des ombres vieillottes pour tresser, de pointe en pointe, des guirlandes d'un beau rouge qui changent l'odeur des rues.

Tard dans la nuit, Charles fit un dernier tour dans sa maison. Elle ressemble à un garage avec des tas de boîtes que mange la rouille, des accessoires qui ne s'adaptent plus à rien. Les choses souffrent de recel dans une lumière peureuse, dérobée elle aussi. Des fantômes se succèdent dans les fauteuils. Ils n'ont pas même le temps de se faire une tête. Le tapis s'est étranglé avec ses fleurs et laisse une flaque de bile. Seul le globe au clair émail reste éveillé et joue la lune sur cette débâcle. Charles le caresse et le fait tourner. Son axe manque un peu d'huile et donne le cri pervers, de fausse égarée, d'une orfraie. Il l'emporta près de son lit et s'endormit, une main posée dessus. La première énigme de son rêve prit la forme de l'x qui naît d'un couple cambré, debout dans l'amour, puis il y eut d'autres accolades violentes et la dernière eut la simplicité d'une ogive. Un envol de prénoms inconnus en traversait la verrière.

En rentrant de Bali où ils avaient croisé leur dentiste, leur poissonnier, le pharmacien du bout de la rue de Charles Sénevé et la tenancière du bar-tabac des *Sept Loteries*, siège de leur tiercé, après avoir échangé avec eux quelques remarques sur le temps, vraiment de saison, les Favorite connurent la plus grande surprise de leurs vacances. Ils étaient allés faire développer les films de leur voyage et regardaient, tout en marchant, les photographies que Jeanne tirait une à une de son sac.

— Tu es encore plus naturelle sur celle-ci, dit M. Favorite, bien que j'aie bougé en la prenant.

Il se retourna. Jeanne était restée quelques pas en arrière et regardait la vitrine de l'antiquaire Marc-Antoine Deuil, père et fils.

— René, viens voir si je rêve. Tu ne reconnais pas ces fauteuils?

— Non.

— Les Voltaire des Sénevé! Oreilles décollées, damas pisseux.

— Il n'y a pas que cette paire au monde, dit Favorite.

Jeanne se retint de dire qu'elle souffrait de la tache qui les authentifiait, sur le coussin de droite.

— Après tout, si Sénevé veut changer de mobilier, c'est son droit.

— Ce n'est pas possible, René. Tu le connais. Un garçon si tranquille et qui ne touche à rien de ce qui l'entoure. Sentimental, en plus. Je crains le pire. Nous devrions aller lui dire un petit bonjour, pour en avoir le cœur net.

— C'est l'occasion de lui montrer nos photographies, dit Favorite. Il en aura la primeur.

Les mains en pavillon sur les tempes et le front contre la vitre, Jeanne scrutait toujours le fond de la boutique.

— Et sa commode! s'écria-t-elle. Et le miroir à moulure d'oiseaux!

— Regarde celle-ci, dit Favorite qui poursuivait l'examen d'une photographie. Je ne localise plus. On dirait que ça ne t'intéresse pas. C'était bien la peine.

Ils arrivèrent à la rue des Sénevé, couverte d'un duvet venu du jardin public. Les fenêtres étaient closes, persiennes tirées. L'ensemble avec ses deux lignes de troènes paraissait une peinture décrochée, abandonnée au bas du ciel. Ils sonnèrent chez Charles, mais le courant était coupé. Il ne restait que la punaise qui épinglait la carte de visite : Charles Sénevé, premier prix du Conservatoire. Mme Favorite l'avait fait imprimer en relief et lui en avait offert une centaine. Charles en avait rougi, et Jeanne se souvenait de cet après-midi que la pluie rendait plus intime. Elle avait sorti de son sac un flacon d'armagnac et deux godets d'argent pour enchanter la rencontre. Elle écarta du pied le paillasson. La porte ne laissait plus passer de jour. Charles avait dû tirer la tenture molletonnée.

— Par la petite rue derrière, nous verrons bien, dit-elle en entraînant son mari.

Mais il n'y avait rien à voir. Les rideaux étaient tirés, au-delà du jardinet, derrière le mur que franchissent des rosiers.

— Il aurait coupé les roses, dit Jeanne, s'il était là. Nous n'avons pas le droit de les laisser perdre. Nous reviendrons ce soir avec un sécateur et un tabouret.

— Tu es bien inquiète, dit M. Favorite.

— Parce que nous ressentons des choses que vous ne soupçonnez même pas!

A la fondation du jardin public, on avait réparé et coiffé l'élégante ruine oblique qui ornait le domaine confisqué à un ci-devant. Le petit temple rond à colonnade, d'où sort une cheminée coiffée d'une girouette à bonnet phrygien, est devenu le pavillon du garde.

Dans cette aube qui sent déjà l'automne, le cèdre est noir, mais les tilleuls sortent avec lenteur de la nuit leurs parures d'or. Mouchet, dans son rond logis, regarde sa jambe de bois sur un tabouret, comme un marin l'aiguille de sa boussole. La qualité du jour vient de celle de son regard, et il pense que la journée s'annonce de toute beauté. Déjà le flot des touristes du troisième âge s'est tari. Il n'a plus à vider toutes les deux heures les corbeilles de fer où s'entassent les restes de leurs collations, ni à chercher toutes les deux minutes de la petite monnaie pour les latrines. Ce troisième âge qui ne vit qu'en groupes l'assomme aussi par ses jacassements, ses perpétuels émerveillements devant le temple qu'il habite, les regards qu'ils échangent comme s'ils venaient tous de se marier, l'arrêt qui soudain les saisit et leur fait lever les yeux vers on ne sait quoi dans le ciel. Souvent, Mouchet dresse aussi la tête et cherche l'oiseau qui leur tend les cordes du cou. C'est un charter affrété par un autre troisième âge dont ils perçoivent les effluves communs et qu'ils saluent unanimement d'un bras encore vif. Oui, une journée heureuse, avec quelques chats puisque l'entrée est interdite aux chiens, avec les joueurs d'échecs contre la grille du sud et ceux de dames au nord, les jeunes mamans au carrefour du centre, peut-être Charles Sénevé qui surgira pour une sérénade, mais qui vient là, si tôt?

Il prit son képi et sa canne.

— Toujours rien? demanda Mme Favorite.

— Vous avez fini par m'inquiéter, dit gravement le gardien. Je vous le dis en confidence, il me manque aussi.

— Jusqu'à la semaine dernière l'espoir était encore permis, reprit-elle, je comptais sur les répétitions de *Nabuchodonosor*.

— On ne m'a pas encore livré l'affiche, à propos.

— Nous avons eu la première réunion, la remise des partitions. Le directeur cherche un flûtiste. Il envisage même de remercier Sénevé, s'il réapparaît. Comment, comment peut-on gâcher ainsi sa vie?

— Et celle des autres, dit Mouchet. Je croyais que la journée allait être belle, la voici assombrie. Que faut-il faire?

— Rien, dit Jeanne, mais il est bon de ne pas se sentir seul. Ensemble, nous pouvons mieux faire face.

— Certes, dit le gardien, le malheur est un bon mastic.

— Ne parlons pas de malheur! Nous n'en sommes qu'au doute. J'espérais que vous l'auriez vu. Je suis certaine que sa première visite sera pour le jardin. Il m'en parlait sans arrêt. Vous ne connaissez pas votre bonheur, Mouchet.

— Oh! lança le gardien. Ce n'est pas par hasard que l'on a mis le paradis dans un jardin plutôt que dans une cave.

Il prit un temps et se donna un coup de canne sur la jambe. Le bruit sec fit frissonner Jeanne.

— Je ne vois qu'une chose, dit-il, attendre.

— Le mot le plus cruel, dit Jeanne.

— Le seul vrai.

Il retint son souffle, puis le lâcha en fermant les yeux. Elle avait déjà vu des tribuns à la télévision, mais aucun ne la rassurait comme Mouchet. Pourtant, ils recommandaient tous d'attendre.

— A mon avis, madame Favorite, il ne faut pas rêver.

— Je ne rêve pas. Il était là, il n'y est plus.

— Mais lui rêvait!

Le gardien se demanda s'il allait s'expliquer. Les autres vous écoutent si mal! Ils veulent savoir et n'en font qu'à leur tête!

— Enfin! dit-il à voix basse. Je le trouvais toujours les yeux ailleurs, immobile et perdu dans le jet d'eau. Celui qui rêve, son rêve l'emporte. Nous, nous le voyons toujours devant nous avec sa flûte sur les genoux. En fait, il a dû avoir un rêve plus fort que les autres.

— Quel mal lui a-t-on fait?
— Lui avez-vous offert le bien qu'il espérait?
— Tout serait donc perdu? dit Jeanne qui ne reconnaissait plus sa propre voix.

Elle ne s'était jamais sentie plus démunie. Mouchet, les deux mains sur sa canne, regardait le gravier.

— Ce n'est jamais perdu pour tout le monde, dit-il sentencieusement.

Un coup de vent les enveloppa de feuilles mortes.

— Ma jambe en allée, reprit-il, est infiniment plus présente qu'autrefois. J'en reviens au jour où elle m'a quitté. Une bataille de tous les diables! La pluie, la boue. Depuis quinze jours l'artillerie d'en face nous pilonnait, relayée bientôt par la nôtre. Il n'y avait plus qu'une seule chose à faire : attendre. J'ai attendu, madame, et j'ai enfin trouvé ma place, puisque je suis ici avec le plaisir de votre visite. Répondez-moi franchement, c'est l'amitié d'un voisin toujours présent qui le demande, ne penseriez-vous pas plus à M. Sénevé aujourd'hui qu'hier?

— C'est vrai, dit Jeanne.

— Continuez! dit Mouchet avec superbe. Rêvez sans cesse de lui, d'un rêve qui finira par le faire revenir.

Mme Favorite, qui s'en voulait de se faire conduire par le bout du nez, essaya de s'en sortir brutalement.

— Ce n'est pas cela qui fera repousser votre jambe!

— Vous vous trompez, ma bonne amie! Le soir, quand les grilles sont fermées, et parfois même la nuit en profitant d'une insomnie, je fais le tour du jardin en courant, une course de mon âge évidemment, mais sans canne! Qui songerait que je n'ai plus deux jambes? Pas même moi! Avez-vous l'heure? Non, non, ne cherchez pas! C'est simplement pour que vous ne vous mettiez pas en retard. Je vais sonner la fermeture.

Il la reconduisit à la grille en boitant plus que jamais. Jeanne se traitait de tous les noms. Qu'allait-elle afficher ses mystères! Personne ne pouvait connaître ses relations avec le disparu! Quelle importance prenait-il?

— Encore une heure de clarinette en moins aujourd'hui, lui dit M. Favorite.
— Regarde mes cheveux.
— Ils sont très bien.
— Justement. Je suis allée les faire rafraîchir.

Elle effleura du bout des doigts sa chevelure si blonde et si bouclée.

— La première grande répétition est pour demain après-midi, n'oublie pas.

Elle eut lieu au foyer du théâtre. Le remplaçant de Charles était arrivé de Strasbourg. Il mettait Jeanne mal à l'aise car il avait la bouche aussi fine qu'un trait de rasoir et sortait ses lèvres de l'intérieur. Celles de Charles avaient un ourlet d'enfance. La nuit était tombée avant le dernier acte de *Nabuchodonosor*. Le Volatile libéra quelques minutes les exécutants. Comme Jeanne allait se servir un verre d'eau au vestiaire, le directeur surgit de derrière une colonne et lui souffla qu'il l'attendrait le lendemain, en fin de matinée, seule.

— Sénevé! s'écria Jeanne. Vous avez des nouvelles? Vous l'avez vu? Il est de retour?

— Demain.

Ce fut l'une des nuits divines de M. Favorite. Jeanne lui apporta au lit un poulet, du bordeaux, des piments rouges, un gant de crin et de l'eau de Cologne. Hors des silences où elle retournait comme une gamine son ours en peluche, elle courait à la cuisine renouveler le café, la cassonade et le candi. Il était certain qu'elle retardait l'instant de lui dévoiler un secret. Elle revint avec son sac à main dont le cuir noir exaltait sa nudité.

— Toi, finit-il par dire, je parie que tu as gagné à la loterie.

— J'ai été remboursée, dit Mme Favorite, mais je veux que tu me pardonnes, je me suis remise au tabac. Je ne t'en offre pas.

Un nuage lui passa sous les yeux et il sombra. Jeanne se regarda faire de la fumée. La lampe posée sur le sol éclairait cette suite de points d'interrogation qui offraient avant de se dissoudre d'équivoques profils de Charles, et pour l'un d'eux le visage même du vieux Sénevé. Avant de se glisser dans les draps où M. Favorite montrait son dos labouré par les ongles, Jeanne passa le pyjama qu'elle avait rapporté de Bali, jaune et traversé en diagonale de poissons noirs si plats que l'on voit leurs arêtes. Elle n'avait pas été déçue en découvrant la griffe : fabriqué en France. Au contraire, nous restons maîtres du bon goût. Elle s'endormit en se voyant aller dans cette tenue à la répétition du prochain jour.

Le *Nabuchodonosor* de Klaus Knapperschnaps prenait forme. Le remplaçant de Charles Sénevé, si virtuose qu'il fût et sans doute à cause de sa mécanique, ne pouvait faire oublier le velouté de son prédécesseur, mais ce qui gênait surtout Mme Favorite c'était que, filiforme, il ne se tînt pas exactement sous sa tête en fuite et toujours penchée, comme un i sous un point mal posé. Ah, Charles! Comme j'aurais dû l'entourer de plus de soins et plus souvent! Il ne savait, il ne sait même pas combien il est harmonieux, de souffle et de corps. On croise des êtres sans remarquer leur perfection, ce rien de moins ni de trop! Charles est le désespoir du peintre, et qui pourrait le caricaturer? Un visage d'un bel ovale, des yeux égaux, des lèvres que l'on n'imagine pas se déformer sur un cri, un sanglot, une amertume, mais qui restent d'un dessin tranquille, ô sagesse, avec parfois l'heureux écart d'un sourire. Ce n'est pas possible qu'il ait disparu! Pouvait-on soupçonner en lui une faille, une claudication, un tournant d'œil, la moindre injure? Il avait l'air si dispos quand j'arrivais, si reposé quand je le quittais!

Un coup de baguette fit disparaître l'image de Charles.

— Reprenons à 32, dit le Volatile qui, moulé dans un chandail couleur chair, semblait plumé. Ferme et haut, sans scrupule.

— A la 37, ça va? demanda le premier violon.

— Très bien, sciez carrément le crescendo du cornet et planez sur les timbales qui s'effondrent. En cassant le rythme, là-bas!

— Entendu, dit Fred.

Le jour s'usait dans les velums que faisaient frissonner les trompettes. Jeanne regarda sa montre. Le rendez-vous avec le directeur approchait.

— Dînons à *La Truite heureuse*, souffla-t-elle à René. Attends-moi à la table d'hôte, si jamais ça s'éternisait.

Lorsque l'on entrait dans le bureau du directeur et que l'on voyait de guingois son nœud papillon, il était certain que l'entretien s'annonçait à la bonne franquette; il ne pouvait s'agir d'affaires graves, mais qu'il l'eût resserré pour l'équilibrer et qu'il vous reçût avec le sans-faute d'un mannequin, tout était à craindre. Or, Mme Favorite n'avait jamais surpris un tel laisser-aller. Le nœud papillon avait fini de battre de l'aile et pendait. Jeanne pensa aussitôt que Charles allait paraître, souriant, et que le directeur le faisait patienter dans la pièce voisine. Le malheur, hélas, s'abat à plaisir sur les superstitieux. Le directeur rajusta col et cravate en même temps qu'il se levait et priait Jeanne de s'asseoir.

— Alors, quelles nouvelles? demanda-t-il.

— Je croyais que vous alliez m'en donner, dit Jeanne.

— Je vous mets à l'aise, reprit-il. Chacun sait ici les rapports charmants que vous aviez avec le disparu.

— Moi ?

— Madame Favorite! C'est la fable de l'orchestre et de la ville.

— Même René n'en sait rien!

— Vous m'avouez l'ensemble de cet amour avec une candeur qui confinerait à la rouerie, si je ne connaissais pas vos talents.

— Je ne comprends plus.

— Ma chère amie! Prenez le premier venu, n'importe quel étranger à notre cité. Il vous rencontre et que voit-il? Une femme dans la force de l'âge, blonde, rose, vive, l'œil d'un capitaine, le port d'une brasseuse d'affaires. Peut-il imaginer que vous êtes avant tout la clarinettiste la plus moelleuse qu'il puisse entendre? Parlons donc en vieilles connaissances. Ne vous gênez plus. Je dois tout entendre. Si quelqu'un peut ici savoir le secret de Charles Sénevé, c'est vous.

— Je le voyais peu, quoi que vous laissiez entendre.

— C'est toujours quand la passion vous tient, mais trois fois par semaine...

— Comment le savez-vous?

— Vous l'avouez! Si toutes les amours vivaient trois jours sur sept, le monde serait plus sage.

Les yeux de Jeanne s'embuèrent. Le directeur lui posa une main sur l'épaule et s'éloigna vers la pendule qui s'était arrêtée, entre les flambeaux posés sur la cheminée. Il en prit la clé sous le socle pour la remonter. Sa voix baissa.

— Il n'était pas heureux?

— Il était toujours le même, dit Jeanne.

— Vous avait-il confié une crainte ? Avait-il eu en rêve la visite de son père ?

— Pas que je sache.

— Autrement dit, vos rencontres n'étaient qu'une double fugue égoïste ? Sans paroles, sans confidences.

— Je n'allais pas lui parler de mon mari.

— Mais si votre mari avait disparu ? Vous auriez demandé de l'aide à Sénevé !

— Peut-être... sans doute...

— Sénevé le père est parti avec tout l'orchestre, il a franchi plusieurs frontières, joué devant des publics enthousiastes, et un beau matin on le cherche, on ne le trouve plus, on n'en a plus de nouvelles. Sénevé le fils ne peut rien nous apprendre là-dessus, et le voici à son tour qui joue la fille de l'air, mais, madame Favorite, le père était seul, le fils non. Cherchez bien ! L'être que l'on aime, surtout s'il disparaît, reste comme un grenier d'enfance, plein d'objets auxquels on ne prêtait pas attention, mais qui s'avèrent des trésors, des sources inépuisables ! Ce qui était étrange devient clair et nécessaire. L'incongru devient l'évident. Ces petits riens qui nous apparaissaient facétieux étaient les signes mêmes du plus profond besoin.

— Vous me faites peur, dit-elle. Où allez-vous chercher tout cela ?

— J'ai aimé !

Il ouvrit la fenêtre, respira en tenant écartés les deux battants et ajouta :

— Pardonnez-moi.

Mme Favorite fixait la pendule sans la voir. Elle était dans le grenier de Charles, mais elle avait beau faire, elle ne trouvait aucune poupée, aucune lettre, pas une de ces boîtes d'allumettes où l'on trouve des squelettes de feuilles ou de hannetons, aucun signe de désir ou de regret d'où refaire l'âme d'un disparu. Si, un cheval de bois, à bascule.

— Charles était la discrétion même, dit-elle.

— Et vous en étiez le parfait écho! laissa tomber le directeur. Je me demande pourquoi je m'intéresse encore à cette histoire. Ou alors...

— Vous croyez que je cache quelque chose? dit Jeanne. Je ne vis plus, monsieur le Directeur. Je ne savais pas qu'il comptait autant pour moi! Je ne savais pas que j'étais si peu pour lui. C'est vrai qu'il avait souvent l'air d'être ailleurs. Il perdait de son application, soudain.

Elle renifla avant de s'emballer.

— J'arrivais à sa porte avec des cigarettes, des marrons glacés...

— ... ardente et déjà nue, poursuivait le directeur, et lui?

— Des yeux d'enfant! Je veux dire gourmands. Est-ce que les enfants disent merci? Ont-ils à dire merci? Non, nous n'avons qu'à vivre leur plaisir. Ah si!

— Quoi donc?

— Le globe. Il se levait parfois. Il allait le caresser. Un joli globe qu'il tenait de son père et dont il changeait la place, cheminée, commode, table de cuisine. Je lui disais : reste allongé, nous avons encore un peu de temps.

— Il parlait de voyages?
— Jamais.
— De son père?
— Pas davantage. Je lui demandais: pourquoi caresses-tu cette sphère? Il me disait: parce qu'elle est belle. Alors moi: plus belle que moi?
— Et, naturellement, il vous disait non?
— Non! Il me disait oui.

Le directeur avait regagné son fauteuil et se frottait contre le dossier, pour réfléchir. A mes pieds, une musicienne qui sort un mouchoir en boule de son sac, l'œil de poisson de la pendule, un orchestre dans un train, l'écume des foules, la mer sur le globe des théâtres coiffés de lyres et d'éphèbes, une fenêtre mal fermée dont se soulève le rideau jauni par le tabac, des silhouettes qui se dispersent dans un éventail de rues, le dos d'un homme, enfin, qui tient une flûte et s'enfuit à longs pas...

— Mon mari doit m'attendre, dit Jeanne en se levant.

... Et il y a cet œil transparent derrière le miroir tiré du sac, une femme comme les autres qui se prépare un nouveau visage.

A *La Truite heureuse*, Jeanne retrouva M. Favorite, qui répondait de la main au signe que lui faisait Fred, attablé avec un chauve à col roulé, au fond de la salle.

— Alors, le directeur?
— Il voulait prendre le pouls de *Nabuchodonosor*.
— C'est sa manie de demander la température! Jamais au Volatile, tu remarqueras. Pas au grand couturier, mais à nous, les petites mains!

— Les bâtisseuses! dit Jeanne en souriant à la cantonade, croyant que tous les dîneurs la regardaient, mais leurs yeux passaient sur elle, étourneaux dans le vent de la conversation.

Ils parlaient du coût de la vie et chacun se demandait, la bouche pleine : mais où va-t-on ?

De Valreilles en grappe blanche dans sa corbeille de collines montait une lumière sucrée. Hélène et Victor, de corvée de bois, s'étaient éloignés de la bergerie pour atteindre le point le plus haut du pays, où se griffonne une troupe de petits chênes. On ne voyait plus les préparatifs de la foire. Le bourg dormait dans son hamac d'après-midi, et le monde semblait fait pour des poupées. Il aurait suffi d'étendre les bras pour en toucher les limites. On était bien.

— Si je comprends, tu n'as jamais joué vraiment de Haendel ?

— Je tire un fil de ses grandes machines. J'en fais des airs.

— Tu joues autre chose, n'importe quoi, que tu dis de Haendel. Tu trompes Andersen qui du coup voit faux.

— Il voit ce qu'il voit, et c'est juste, assura Victor.

— Hier, il parlait encore de chevaux cabrés devant des chutes d'eau.

— Pourquoi pas ? Il fait ce qu'il veut de ma flûte.

C'est sa musique à lui. Il faut le laisser dire. Chacun est libre, Hélène ! Et je l'aide à rêver ! Je le mets en condition. Je n'ai rien de mieux à faire. D'ailleurs, depuis huit jours je ne joue que du Mozart.

— Alors pourquoi nommer Haendel, pourquoi ?
— Un tic, dit Victor.

Il prit la main d'Hélène et la porta à ses lèvres. Elle sentait le thym.

— Et dans Mozart, j'ai glissé du Knapperschnaps.
— Qu'est-ce que c'est ?
— L'auteur d'un *Nabuchodonosor*.

Longue, simple, la lumière savourait des reflets d'huile dans sa barbe annelée.

— Pourquoi souris-tu ?
— Parce que tout est facile avec toi.

Il garda la main heureuse pour ne pas se laisser emporter. Devant lui montait le décor du Grand Théâtre, avec la fosse où Mme Favorite laisse sa clarinette descendre entre ses genoux écartés — Mon Charles qui fait partie de l'orchestre, maintenant, et qui joue mieux que moi ! —. Et le terre-plein des autocars, la fureur des rues. Ce type toujours vêtu de sombre, avec son étui de cuir, son pas mécanique, son visage glabre, c'est moi. Comment est-ce possible ? Feu rouge, j'attends le feu vert, je traverse le boulevard. Est-ce bien moi ? Le carrefour. La rue des Lions. La rue des Ducs. Le jardin public.

« Ah ! monsieur Victor, dit Mouchet, toujours son heure, toujours sa petite marche, son jet d'eau, son coupe-faim. Gare à vos dents ! J'entends craquer vos biscuits depuis mon pavillon.

— Ce sont des biscuits pour les oiseaux. Je veux toujours les leur donner, et je les mange !

— Il va vous pousser des ailes ! dit Mouchet. Comment va votre fils ? »

Hélène dégagea sa main et Valreilles revint sous les yeux de Victor, sans couleurs dans ses ombres brutales. La jeune femme l'aida à se relever, cassé comme s'il allait heurter le ciel de la tête, et il songea que le bonheur arrivait bien tard dans la vie, encore suis-je de ceux qui le rencontrent ! Ils allèrent main dans la main dans le quinconce des chênes et descendirent vers le bois plus touffu où ils avaient repéré des branches mortes.

— Bonneteau a pris deux lapins au collet, dit Hélène. J'aime Bonneteau.

— Plus que les autres ?

— Autrement. Je vous aime tous autrement. Toi, par exemple.

— Je ne veux rien, dit Victor, je ne veux plus rien savoir. Avant, je voulais toujours tout savoir : pourquoi cette note plutôt que telle autre, et comment la rendre encore plus pure ? Je compliquais tout. Il y a un instant, je pensais à ma barbe, et à ma tête d'avant, quand je ne l'avais pas laissée pousser, parce que je me voyais aller et venir, naguère, toujours rasé de près, et je me dis qu'il faut que je la coupe parce qu'il me semble que j'étais plus propre.

— Quelle idée ? Comment es-tu sans ? Oh oui, je la rase en rentrant. Tu n'as rien à cacher ?

— Rien, dit Victor, pas même que je ressemble à mon fils.

— Tu vois que tu penses à lui ! Hier, tu disais que non ! Tu es inquiet ? Tu crois qu'il ne t'aime plus ? Tu penses qu'il te croit mort ? S'il joue aussi bien que toi, rien ne peut mourir autour de lui.

Victor l'attira contre sa poitrine puis, l'éloignant avec la plus grande douceur, lui demanda de rester debout, de ne pas bouger, de le laisser aller à quelques pas pour qu'il pût mieux la contempler. Elle fit selon qu'il désirait. Le vent fredonnait dans sa robe. Victor s'agenouilla. Un avion passait très haut dans le ciel, sans bruit.

— Ma sœur Térébinthe, dit Hélène, est la plus belle des femmes, mais je suis plus belle que Térébinthe, dis-moi ?

— Oui.

— Je suis heureuse que tu ne saches pas mentir, dit-elle en l'aidant à se relever.

— J'en suis incapable. C'est pourquoi je me tais si souvent.

— Tu t'en remets à la flûte !

— Elle ne peut pas mentir non plus. Aucune musique n'a jamais menti.

Ils nouèrent de nouveau leurs mains, mais il fallut bien les désunir pour ramasser des branches mortes. Ils ne rentrèrent qu'avec deux maigres fagots.

— Quand nous t'avons découvert, dit Hélène, tu étais l'image de la pitié, et maintenant tu fais envie. Pourtant, tu avais déjà Haendel.

— Et même Mozart, reprit Victor, mais il y a un bonheur qui dépasse pour moi *La Flûte enchantée*, qui serait au-dessus de toute son œuvre.

— Dis-le sans t'arrêter ! Avance ! Les lapins de Bonneteau nous attendent. C'est quoi ?

— Casser la croûte avec Mozart. Lui passer le sel, lui demander le poivre. Et il me demanderait de tes nouvelles.

— Parce que je ne serais pas là ?
— Un repas d'hommes, Hélène !
— Tu ne prendrais pas un coup de vieux, par hasard ?

Un feu à la polonaise, triangulaire et de courte fumée, les attendait devant le refuge, sous les garennes embrochés. Les deux enfants jetaient du sel et redoublaient le grésillement.

— Nous descendrons à Valreilles en fin d'après-midi, décida Joseph. La foire est pour demain. Les manèges s'installent, nougats et loteries. On a déjà tendu les cordes pour l'enclos des brebis et des chevaux, mais la fête de charité se donne le soir d'avant, chacun sa coutume, et elle a lieu dans la prairie, près du cimetière, à touche-touche. Ça fait penser. Victor, tu t'installeras à l'entrée que tu jugeras la meilleure.

— Est-ce que je vous ai raconté le rêve que j'ai fait cette nuit ? demanda Andersen. J'ouvrais des fenêtres et des fenêtres dans une maison qui n'en finissait pas, et à la dernière, je me retourne. Des bêtes étaient couchées dans la paille du grand salon et me regardaient. Je les passe en revue, et chacune tour à tour se lève pour me saluer, mais l'âne se met à bêler, une poule hennit, des moutons brament, le cheval miaule. Je crie : assez, assez ! Et je me réveille. Vous dormiez tous comme des bienheureux et j'entends un coq. A ce moment-là, ici...

Ils se tournèrent vers la lucarne qu'il indiquait...

— ... je vis un chat. Il se passait une patte sur le museau, comme pour s'excuser.

— C'est clair comme le jour, dit Bonneteau.

Tous les visages l'interrogèrent.

— Je le pense aussi, renchérit Andersen. Tu viens de voir blanc sur noir que le monde va changer, notre monde, notre vie.

— Ah, dit Joseph, je voudrais bien entendre la flûte de Victor tourner au tambour.

— Il est temps, dit Rodolphe en apportant les lapins. Je prends une tête. Pour qui l'autre?

— Moi! cria Andersen.

— Tirons-la au sort, lança Bonneteau — et comme c'était aussi son morceau préféré, il le gagna.

— Est-ce que je mettrai mes lunettes noires? demanda Victor.

— J'allais te le conseiller, dit Andersen. Et tu arriveras le premier, sans nous connaître.

Quand la chaleur tomba, Térébinthe, qui restait avec les enfants, salua légèrement les amis qui descendaient vers Valreilles où convergeaient de toutes les vallées les sincères et les prudents qui allaient faire une bonne œuvre, leur meilleure de l'année. On ne savait pas très bien, et même on ne cherchait pas à savoir, par un bas détour de l'âme, à quoi servirait l'argent de la vente, ni même s'il arriverait à destination, réfection du clocher, douceurs pour les vieux de l'hospice ou mariage avec quelque collecte nationale et internationale en faveur des cancéreux, des handicapés, des meurt-de-faim de la planète, tâche énorme qui devrait faire trembler, mais l'élan était magnifique et pour quelques heures Valreilles allait être aussi vaste que le monde et le grand frère des peuples. Le bourg en prenait un surcroît de beauté avec ses boutiques que le soleil vernissait, sa longue rue bordée d'arbres de Judée dont un chat noir assis sur la fontaine relevait les flammes roses. L'eau tombait sur lui dans la vasque, et ses yeux à demi fermés montraient son mépris pour l'élément le plus contraire à sa race. Il eut à peine un regard pour Bonneteau qui lui faisait signe de deux doigts croisés, comme si toutes les forces démoniaques se trouvaient concentrées dans le sombre animal immobile. Roberte et ses paniers, Charlotte et ses colliers entrèrent dans l'enceinte de cordes où la foule se disputait aux étals livres et cochonnailles, statuettes pieuses et broderies, bric-à-brac descendu des greniers et bouteilles où l'huile et les liqueurs rivalisaient de solide humilité face à la légèreté des vins courants. Bonneteau s'assit dans l'herbe entre le stand de rafraîchissements où l'on servait au verre un tonneau de clairet local et la tente où l'on débitait au ciseau à froid des barres de nougat. Il déploya un tapis et sortit ses cartes. Deux bréhaignes en panama derrière un étal de grottes de Lourdes et de fleurs séchées ne quittaient pas des yeux son manège, ses mains agiles et les as gondolés qui si vite se chevauchaient, mais les curieux affluaient. Elles se faufilèrent près du bonimenteur. L'envie de parler leur tournait la tête de honte. Bonneteau, qui empochait deux paris sur trois, les laissa gagner. Elles lui sourirent jusqu'au soir.

Hélène cependant faisait la liaison entre les amis, indiquait les stands de meilleur rendement, achetait des brisures de nougat et quittait l'enceinte pour en offrir à Victor. Il se tenait à dix mètres de la sortie, près de la grille du cimetière où beaucoup profitaient de la fête pour aller en pèlerinage. Il était comme au premier jour à la gare, le chapeau à ses pieds, la chevelure ondulant selon les chutes et les reprises de la flûte, mais Hélène s'arrêta dès l'angle du mur avant qu'il ne l'aperçût et son cœur se serra. Victor paraissait hors du temps, sans âge et légendaire. Une vieille femme, puis un couple assez jeune sortaient du cimetière, s'inclinaient, déposaient une pièce dans le chapeau, s'écartaient de Victor sans oser le regarder et s'éloignaient en se retournant. D'autres arrivaient, sortaient, et c'était la même attitude. Victor avait beau baisser, oh légèrement, et relever la tête pour aider le chant très doux à sortir de sa flûte, il avait l'aveuglement d'une statue, qui ne sait dire merci.

Elle s'élança vers lui au moment où il baissait les bras pour se détendre, et il lui reprocha doucement de lui baiser la main.

— S'ils nous voient, ils ne vont plus rien nous donner, dit-il. Tout va bien?

— Je t'ai apporté du nougat.

Jambes arquées, un ivrogne arrivait tant bien que mal jusqu'au mur, à côté d'eux. Il fouilla son creux et sortit sa prise d'un geste de braconnier.

— C'est comme ça que j'aime l'eau! lança-t-il en apercevant Hélène.

Le jour déclinait, laissant un soupçon de soufre à la torche des pins dans le cimetière, d'où sortait une vieille femme pliée en équerre. Elle cadenassa la grille et passa près de l'ivrogne.

— Alors, Notre Dame, on ferme le Paradis? lança-t-il.

— Oh, dit-elle en passant près d'Hélène et de Victor, je vois que vous êtes des étrangers. Ne faites pas attention. C'est notre damnation, ce paroissien! Il vaudrait mieux qu'il disparaisse. On croit toujours qu'il s'en va, qu'il est parti, et il nous revient. Le bon Dieu doit pourtant savoir ce qu'Il fait!

Elle balayait le sol de sa jupe noire. L'ivrogne regardait les pièces de monnaie dans le chapeau. Victor lui en offrit une.

— Pour boire à la santé de Notre Dame, précisa-t-il.

— Comment vous faites pour me donner la plus petite? demanda l'ivrogne en regardant de très près les lunettes noires. Il y surprit un regard et s'en alla.

La troupe s'était regroupée derrière le terrain de charité dont on entendait les derniers bruits : on solde! on solde! et le disque rayé d'un chœur grégorien qui répétait sans cesse le même sillon.

— Une affiche nous attend à main droite dans la grand-rue, dit Bonneteau, sur la vitrine du marchand de couleurs.

— Allons, dit Joseph.

Le droguiste leur ouvrit le garage voisin de la boutique.

— En parfait état pour 150 000 kilomètres. L'embrayage est neuf. Il faudrait simplement la repeindre, enlever la raison sociale, mettre des banquettes à la place de mes échelles et de mes bacs. On peut tenir une douzaine, facile.

— Et le prix? demanda Joseph.

— Celui de l'affiche, pas plus pas moins.

— Elle a fait près de quatre fois le tour du monde, souligna Bonneteau.

— Justement, dit le droguiste, elle est pleine de souvenirs. C'est difficile pour moi de m'en séparer. Elle peut encore en avoir d'autres.

C'était une réponse heureuse pour les amis, la seule qui pût les tenter.

— Gardez-la-nous, dit Joseph, jusqu'à demain midi.

— Pas au-delà! dit le marchand de couleurs. Un jour de foire, tout s'enlève.

Paris avait le teint d'une empoisonnée, et Charles qui l'aimait toujours lui en voulait, lui rappelait son collier d'émeraudes, ses fines soies grises et qu'elle ne pouvait oublier qu'aucune autre ville n'avait eu plus d'amants, et de si fidèles. Il lui parlait du haut de ses ponts où les passants s'arrêtaient pour l'écouter et jeter un peu d'argent dans l'étui de sa flûte. Il n'y avait pas de jour que l'image de son père ne se collât soudain sur un mur au milieu des affiches qui pour la plupart vantaient la beauté des femmes, que ce fût pour proposer des casseroles ou le programme d'un parti, une quête contre le cancer ou tel dessert pour les chats. Victor Sénevé, le sourire vêtu de noir, avait dû contempler ces affrioleuses, et Charles se sentait sur ses traces. Un de ces jours ils se retrouveraient nez à nez et ils s'embrasseraient longuement, pour toutes les fois qu'ils en avaient eu envie et que par pudeur ils ne l'avaient pas fait. Quand même, disait Charles à mi-voix sans souci des passants qui d'ailleurs ne prêtaient pas attention à cet homme qui parlait seul, il y en a tant qui parlent seuls! Quand même, tu aurais pu m'écrire, m'envoyer un petit billet: tout va bien, je pense à toi, je te souhaite de trouver bonheur pareil au mien, tu l'auras, il suffit de te décider. Salut, fils!

Son reflet dans une devanture lui montra un homme à béret basque et nœud papillon, moustaches et jeunes favoris, si nouveau qu'il ne se reconnut pas tout de suite, mais d'une vitrine à l'autre l'image finit par bien lui plaire, la farceuse. Il se sentait changé pour la première fois. Ajouter une barbe? Mais naturellement!

— Salut, Charles! disait Charles en souriant, en ralentissant sa marche, aggravant encore la vitesse de déplacement des autres.

Comme on marche vite, ici! Où courent-ils? Qui les pique? Ils ne savent donc pas que le bonheur freine et vous change en statue? Oui, retiens toutes tes forces!

Il regagna la chambre qu'il louait à deux pas de la gare de l'Est, sur un paysage de rails gardé par un ciel en bonnet de police, dans une odeur de fer et de choucroute, mais ouvragée, ajourée. Le globe d'émail éclairait les deux chemises qu'il avait lavées et mises à sécher sur une corde, avec ses caleçons à fleurs aussi clairs et sensibles que les massifs du jardin public, non loin du jet d'eau. Comme c'est loin déjà! La ville qu'il venait de quitter avec son gros Opéra en bague de fiançailles lui laissait le souvenir équivoque et acide d'une cousine sur le retour avec qui l'on n'a échangé que des loucheries et que l'on a reconduite au train après un jour d'hésitations, d'envies furtives. Ici, il était devenu grand tout à coup, et plein d'âge. Avant qu'il s'endorme, des aboiements lointains déchirèrent la nuit, comme si plus rien n'existait de l'immense entassement de niches et de dômes, mais que la terre fût de nouveau nue comme au premier jour, avec sa lune à faire peur, son herbe errante et ses chiens.

Au matin, jusqu'à neuf heures, le patron de l'hôtel servait à ses clients des cafés sur le guéridon du hall d'entrée, et qu'on parlât du temps qu'il allait faire, des serviettes de toilette, d'une ampoule à remplacer, d'une clé qui faisait des siennes au bout de sa poire, des plantes en pot ou de l'horaire d'un express, il bifurquait immédiatement sur la Résistance, une époque que l'on ne verrait plus, où l'enthousiasme l'emportait sur la peine, où l'on avait eu enfin la sensation de ne pas vivre pour rien.

— J'ai vu Guderian comme je vous vois, sans parler de Kesselring, de Rundstedt, de Rommel.

— Où ça? demanda Charles.

— En voiture, au hasard des rues. Ils aimaient tant Paris! On peut dire que je les ai tous tenus un moment à ma merci. Une période fantastique, monsieur! Nous ne sommes plus qu'une poignée. On nous oublierait si le remords n'avait pas pris la relève, mais ce sont des gens qui font un métier de notre art!

— Je vous trouve bien amer, dit Charles.

— Parce que vous êtes le seul à m'écouter.

Il balaya le guéridon d'un coup de lavette et alla s'encadrer dans la porte.

— Regardez les trains, là, en bas, ça ne veut plus dire que le plaisir. Les miens étaient sans couleurs, sans lumière, toujours en sursis, à destination incertaine et graves comme des condamnés.
— Vous habitiez déjà ici?
— Non, j'ai repris l'affaire à la Libération. D'un cousin en délicatesse avec l'ennemi. Tout se paie, monsieur, tout se paie! Si l'on n'est pas responsable de sa famille, Dieu nous convoque au règlement de compte, en bon notaire. Vous prêtez l'oreille, vous, parce que vous êtes un artiste. Ce que nous étions. Où allez-vous, aujourd'hui? Si j'ai bien compris, vous aussi vous êtes entré dans une sorte de Résistance. Avec votre boîte à chaussures et ce grand merci écrit dessus en capitales rouges.
— Aujourd'hui, dit Charles, je retourne au Grand Palais.
— Qu'est-ce qu'on y voit?
— Rien, dit Charles. Je reste à l'entrée de l'escalier, devant la file d'attente. Je les fais patienter.

En effet, la boîte à chaussures où se lisait un merci en gothiques attirait les regards d'une foule silencieuse, pressée sur quatre rangs, les yeux en disette et parcourue d'ondulations qui faisaient progresser imperceptiblement devant Charles son ver de trois cents mètres, toujours renouvelé, perdant sa tête au passage étroit de l'entrée pour retrouver une queue nouvelle et garder même longueur. Posté au bas des marches, derrière la barrière en garde-fou, une bouteille d'eau près de la sébile, Charles cessait de jouer pour boire ou ramasser la monnaie qu'il fourrait dans ses poches, pour se détendre aussi, s'incliner en remerciement, répondre à quelques questions des patients, si tristes, en manque de Manet, de Vincent, et crainte d'arriver devant une porte que l'on fermerait à leur nez pour cent raisons : le feu, un vol, quelque agression de maniaque contre l'un des chefs-d'œuvre exposés.

— Bravo! C'est du Haendel?
— Oui, dit Charles.
— Je l'ai reconnu, dit une voix. Vous jouez divinement, mon ami.
— Ah! lança un vieil homme si petit qu'il disparaissait dans la presse. Quelle époque! Quel mépris des valeurs! Ce musicien devrait être à l'Opéra, décoré et fêté! Qu'attendez-vous pour l'applaudir?

Quelques mains battirent aussitôt, et le bruit s'effondra en jet d'eau. Charles, les yeux vides, se retrouva dans le jardin public. La queue avança de quelques mètres. Il reprit sa flûte. Une pièce tomba dans la boîte, une autre. Les inconnus reprenaient leur pâleur et leur soif d'infini.

— Regardez jusqu'où va la queue. On ne la voit plus! Elle fait le tour du Palais.
— Déjà pour Ramsès c'était pareil, et à chaque peintre elle s'allonge!
— Les dieux! laissa tomber une femme.

Charles aperçut un creux dans la file. Un jeune couple se dévorait sur place, dans un baiser. Les autres s'en écartaient et gagnaient un pied. Il changea d'air pour les amants et glissa du Puccini.

77

On entendait au-delà l'incessant appel à la voie libre des voitures de police et le battement mou d'une bande de pigeons qui changeaient de corniche.

– Il y a des hôtels pour faire ça, dit une voix.
– Sans doute, mais ils viennent au musée. Ils ne sont pas complètement perdus.

Charles égoutta sa flûte et se lissa la moustache. Des nuages adorables se roulaient dans le ciel.

– Les toiles, c'est la seule religion qui nous reste! reprit une femme peinte à l'emporte-pièce, les yeux, les pommettes, la bouche en disques sombres et rouges.

– La dernière fois, je suis venue trois fois, dit sa voisine, mais j'ai fini par rentrer. Je n'ai pas vu grand-chose, mais une image inoubliable, tous ces dos, toutes ces têtes en contre-jour dans l'or des cadres sur les murs. Ah! si je savais tenir un pinceau!

Charles flûtait *L'Après-midi d'un faune* lorsqu'il aperçut, est-ce que je rêve? à moins de cinquante pas, Mme Favorite et son mari, sur leur trente et un, lui son nœud papillon à pois, elle sa robe à col de cygne, imprimée de lotus. Les jambes de Charles flageolèrent. Il en profita pour ramasser les oboles, la bouteille, l'étui et remonter la queue de l'autre côté des cordes, tête baissée. Quand il jugea qu'il pouvait se retourner sans être vu de Jeanne et du hautbois, il reprit sa respiration, difficilement. Le fil lui tenait donc toujours à la patte? Me retourner comme si j'avais un regret! Mme Favorite, sourcils arqués, le fixait. Il la vit saisir le bras de son mari.

— René, dit-elle, vois-tu ce que je vois?
— Où?
— Là, il était là! Charles!
— Mais où?
Il avait disparu.

— Quand on a entendu la flûte, tu m'as dit toi-même : on dirait du Sénevé! Il n'y a que lui pour donner de tels quarts de soupirs. Je voulais m'approcher. J'aurais dû m'écouter!

La foule qui les serrait les fit avancer.

— Ce pauvre bougre au pied de l'escalier n'avait pas la tête de Charles, et il était plus petit. Tu rêves!

— Bien sûr, il n'avait pas la même tête, dit Jeanne.

— Tu vois bien, le rêve est fait pour qu'on n'ait pas la même tête.

Ils arrivèrent enfin dans les salles d'exposition où tout avait des lenteurs d'aquarium. L'algue vénéneuse de la foule hésitait, refluait à l'approche des parois où, sorties des profondeurs, venaient affleurer les toiles gobeuses de lumière.

— Je l'ai vu, murmura Jeanne — et Charles se retrouvait en devinette dans les danses, les bouquets, les sous-bois et jusque dans les ombres de la ville morte devant laquelle elle s'était arrêtée. Des colonnades s'en allaient dont Charles avait caressé chaque fût, et l'unique nuage dans le ciel impalpable avait quelque chose de son profil.

— Tu l'aimes? demanda M. Favorite.

— C'est une toile qui sert le cœur, dit Jeanne.

— Oui, mais enfin, je trouve que l'on fait beaucoup de bruit sur ce peintre. Je ne regrette pas d'être venu, tu voulais venir, mais j'ai l'impression que tout le monde se force un peu. C'est comme *Nabuchodonosor*. Franchement, Jeanne, est-ce un chef-d'œuvre?

— Pourquoi pas? dit-elle. Ça dépend de nous.

— L'art n'est pas une auberge espagnole, reprit M. Favorite.

— Oh, si! dit Jeanne.

Des curieux les poussaient et s'excusaient. M. Favorite prit la main de sa femme pour ne pas la perdre. Ils passèrent devant un *Intérieur portugais*, un *Paysage avec un pont*, une *Nuit sans étoiles*, d'autres rectangles où les couleurs menaient la vie des hommes, caresses, duels, veillée d'armes, matin de triomphe.

— Il est quand même très fort, dit M. Favorite attablé devant Jeanne à la terrasse d'un café des Boulevards. Le train est dans une heure. Il est temps.

— Je suis sûre que c'était lui, dit-elle.

— Admettons. Qu'est-ce que ça change? Et pourquoi pas son père? Ils avaient le même doigté, la même lèvre!

— Je ne comprends pas que tu puisses rire, dit-elle, mais en effet, pourquoi pas? Tu me donnes une idée.

Charles avait regagné sa chambre sans réfléchir, sous le coup d'une peur qui lui était toute nouvelle. Il passa l'après-midi à tirer des plans, mais conclut que le meilleur était de ne pas en avoir. Si Paris ne pouvait lui fournir l'incognito, où pouvait-il trouver sûreté? Le monde est ouvert et reste à tous les vents. Le premier qui m'emporte est fatalement le bon. Il fit ses comptes et descendit voir le patron pour troquer, selon l'accoutumée, ses pièces contre des billets. Il avait de quoi changer d'air et flâner une bonne semaine. Le ciel au-dessus des rails lui donnait la leçon.

— Je m'absente un peu, dit-il au taulier qui, sous le tableau des clés de l'hôtel, lisait un livre fatigué.

— Permettez que je finisse, il me reste trois lignes.

Charles le regarda se pencher sur les pages cornées et en refermer l'amas. L'homme louchait à angle ouvert et dit :

— Encore un qui s'est fait pendre, et, naturellement, pour une minute sentimentale de trop. Si j'écrivais un roman policier, moi, on n'arrêterait pas le coupable, car dans la vie on n'arrête jamais le vrai coupable, il faudrait nous arrêter tous! Et qui rirait? Qui peut rire de cette vie? Ou alors rire tout le temps, mais je ne peux pas! Alors, vous partez? Votre flûte va me manquer. Vous aviez beau fermer fenêtres et rideaux et jouer doucement, je vous entendais, brigand! Il m'est arrivé de grimper à votre étage, d'aller jusqu'au bout du couloir et de vous écouter. C'était du sérieux, du solide, pas de l'eau tiède. Haendel, je parie?

— Oui, dit Charles.

— Haendel! Un rai de lune traverse les bois endormis et tombe sur nos chars d'assaut. Nous avons piétiné le dernier feu, encore gras de saindoux. Nous allons écraser cette racaille! Ah, vous m'avez fait revivre des nuits incomparables!

— Mais vous n'étiez pas avec les tanks! Vous étiez en face, dit Charles. Vous me l'avez dit! Vous vous cachiez avec vos pauvres fusils, à la lisière du bois. Vous vous trompez de camp.

— Je ne sais plus, dit le patron, tout était si mêlé. Même la mort est trouble!

— Par chance nous tombons tous dans le même ciel, dit Charles.

— Oui, bonne chance, vous qui pouvez partir! lança le taulier.

— Qui vous empêche d'en faire autant? dit Charles.

— Moi, monsieur! dit-il en levant le doigt comme un enfant qui se dénonce, mais c'était pour désigner l'hôtel et ses étages. Ces satanées chambres qui me retiennent!

— Les autres voyagent pour vous, et viennent vous raconter.

— C'est vrai aussi. A propos de Résistance, j'ai revu à peu près tout le monde, des Allemands, des Bretons, des Auvergnats. On aime revenir sur les lieux qui vous ont fait trembler. Ils croient tous me reconnaître, les uns et les autres. Encore aujourd'hui, il y a des attardés qui passent. Finalement, je leur demande s'ils ne me confondent pas avec mon cousin, l'ancien d'ici. Dieu ait son âme!

Le train ralentit à cause des travaux sur la voie. M. Favorite dormait en se tournant les pouces.

Jeanne mit son front à la vitre. Sur le ballast, des ouvriers balançaient à bout de bras des lanternes et mettaient une frange mouvante à la robe droite et sans bijoux de la nuit.

« Ne mêle pas la police à tout cela, pensait Jeanne, tu as de ces idées! Parles-en au directeur, à la prochaine occasion. C'était Charles, à n'en pas douter! Mais l'allure du Vieux. »

L'image se superposait en effet à celle de Charles, et l'intime conviction de Jeanne les lui faisait mettre dans le même sac. Quelle maladie ronge cette famille? Si je partais, moi aussi? Si je laissais tomber mon dormeur? Il ne s'est même pas rendu compte que le train s'est arrêté! L'eau de ses rêves fait tourner le moulin de ses pouces. Naturellement, je l'aime, mais je fais mon blé à ma façon. Bien. Je disparais. Ma clarinette me fait vivre. Tôt ou tard je tomberai sur Charles, sur Victor, sur tous ceux qui auront choisi la liberté. Se vit-elle en commun?

On entendit des coups sourds et le train s'ébranla.

— Nous sommes arrivés? demanda M. Favorite.

Celui-là, décidément! Toujours à contretemps! Où en étais-je? Ô solitude des limiers! Jeanne relança ses fuyards, mais la fatigue multipliait ses halliers. Elle se trouva prise dans les ronces du sommeil. M. Favorite dut lui porter secours et la secouer.

— Jeanne, nous sommes arrivés!
— Déjà?

Globe, linge, flûte et pantalon de rechange, la fortune de Charles tenait dans un sac militaire acheté dans un surplus. Bourse à l'épaule, il se retourna vers la façade de l'hôtel dont les fenêtres symétriques dans le plâtre enfumé, cimetière vertical, donnaient l'image définitive de la vie. Charles serra les mâchoires. Il n'y avait qu'un secret, si évident : le soleil. Il suffisait de traverser la capitale, de sauter dans le premier train vers le Sud, le vrai, celui qui n'a d'araignées que celles des palmes sur le ciel. Il allait descendre dans une bouche de métro, quand un poids lourd qui faisait une manœuvre l'arrêta. Charles avait levé un bras pour lui dire de faire attention, mais le routier se méprit.

— Je vais à Marseille. C'est ta route ?

— Oui, dit Charles — et il monta, étonné de la hauteur de la cabine.

— Je m'appelle Calixte, annonça la voix chantante et frottée d'ail.

Avant d'atteindre le périphérique le chauffeur s'était raconté, fruits et légumes, femme, enfants, deux traversées par semaine, parfois l'Espagne, la belle vie. Des filles nues tapissaient l'habitacle. Pourtant, Charles saisissait dans ce colosse qui ponctuait d'un geste chacun de ses dires, lâchant le volant de l'une ou l'autre main, des inflexions, des grâces de poignet qui lui rappelaient celles de Fred le timbalier.

— Très juste, dit Calixte, d'ici on domine tout. Ça se manœuvre des plus facile, regarde, d'un doigt. Le dernier cri des trente-cinq tonnes. Et, là-haut, tu as deux couchettes, télé, frigo. En fait, chez moi c'est moins chez moi qu'ici.

— Vous êtes votre patron? demanda Charles.

— Tu peux me tutoyer. Non, le gros a quinze unités comme celle-ci. J'aime mieux pour lui que pour moi. Il ne sait même pas conduire, alors que tu bouges, et c'est le paradis!

— Mais si vous faites toujours la même route?

— Et les passagers? Tous différents! Des femmes. Des hommes. Bien sûr, la bagatelle reste la même, mais le discours?

— La bagatelle? demanda Charles inquiet.

— Pas toujours, naturellement.

Charles regardait les croupes, les seins, les jambes ouvertes, la tapisserie obsédante et ravie qui les entourait. Comme il ne voyait aucun mâle, il se rassura, mais la main de Calixte effleura son genou.

— Et toi?

— Je suis musicien.

— Ça rapporte?

Calixte, sans attendre la réponse, alluma la radio. Une voix vicieuse et enfantine, souillée par des trombones, se faisait sauter par une batterie.

— Évidemment, ce n'est pas du Haendel, dit Calixte.

— Pourquoi Haendel?

— J'en entends quelquefois, mais ça n'est bon que par temps de brouillard, ou de pluie. Alors là, oui, ça t'aide. Haendel, c'est la course avec les collègues dans les gerbes, la lune, les phares. Des énormes qu'il faut que tu avales. Tu ne peux même pas lâcher le guidon pour leur faire signe, quand tu les doubles. Juste un coup de trompe ! C'est la ligne droite avec des tas de petits cons derrière qui cornent à l'étouffée. Ce n'est pas une musique de fond, tu comprends, mais les grands fonds.

— Et il y en a toujours pour ces moments-là ?
— Haendel ? Tu cherches, tu trouves.

Charles finit par s'assoupir.

— Tu peux grimper, dit Calixte en montrant d'un coup de pouce la couchette, mais Charles écrivait un rêve et se laissait emporter par sa dictée.

Mme Favorite, en pythie d'opéra, lui soufflait des horreurs. Tu ne t'es pas contenté de moi, tu as eu tort. Sais-tu ce que tu as perdu ? La sûreté, l'hygiène, la simplicité. Tu n'avais pas à craindre un rival, tu le connaissais. René prend les heures creuses, les sombres défilés et te laisse les sommets, l'éblouissement des pics ! Tu avais le meilleur. Regarde-le, lui et son hautbois. En angle mort, mais toi !

— On casse une graine, lança Calixte. Debout les morts !

Il avait garé le monstre au bout d'une file de poids lourds. En entrelacs, de profondes empreintes de pneus dessinaient un parterre à la française devant le restaurant des routiers.

Dans la salle plate où la fumée du tabac formait un double toit, le vacarme était tel que Calixte, pour caser Charles, écarta d'un coup d'épaule et sans ouvrir la bouche deux habitués. Il les connaissait tous, comme le menu. Charles coincé fit tomber son couteau sans pouvoir le ramasser. Calixte l'obligea et d'un bon naturel en essuya la lame entre deux doigts. L'échange des nouvelles se poursuivait, adresses, familles, enfants, primes, contrôles de douanes. Charles entendait des noms comme on en lit dans un annuaire, l'œil à tant de colonnes, mais il n'en cherchait aucun et il s'aperçut qu'il était oublié, parent pauvre et lointain dans un banquet de mariage. Il regardait la fumée renouveler sa nappe, refluer sur les barres de néon qui donnaient une lumière d'autre monde, et il regrettait d'avoir laissé son barda dans le camion. Il était si triste de ne pouvoir entrer dans cette liesse, seul, comme il avait été à l'écart des visiteurs du musée, des passants de gares, des paroissiens, des amateurs de cimetières, des foules du métro, des clients pris dans le sas de sécurité des lampes, dans des rues pleines de banques, qui pullulent de jour en jour, et partout. Les coups de gueule ou les rires, le heurt des couverts, si violents qu'il finissait par les voir, disparurent en tourbillon dans ses yeux en puisards et, prenant un rythme dans le désordre qui s'évacuait, il se retrouva au milieu de l'orchestre du Grand Théâtre, mais ce fut pour se fondre dans sa partition. Son propre chant ténu paraissait ignorer celui des voisins. Là aussi, il se sentit exclu. Une serveuse à chignon servait les cafés.

— Je t'ai dit, chez nous c'est une famille, lança Calixte en embrayant. Je t'ai laissé payer, c'est normal. Si tu me jouais un peu de flûte? Fais-moi penser à poster cette lettre. Un service pour un copain. Parfois, on a besoin de faire croire qu'on est ailleurs. Obligé d'être ailleurs. Ah, maquerelle du pape! Tu as une femme?

— Oui, dit Charles, elle s'appelle Jeanne.

— Française, à la bonne heure. Elle sait où tu es?

— Je ne le sais pas moi-même.

— En Bourgogne. Regarde ces vignes, déjà rangées comme des bouteilles. Elle fait quoi?

— De la clarinette.

— Je comprends, dit Calixte. Jamais je n'aurais supporté d'entendre ça du soir au matin.

— Elle joue très bien, ajouta Charles étonné de découvrir la place que prenait Mme Favorite.

— Mais, tu la quittes, tu vas voir autre chose! Elle est comment?

Charles suivit le coup d'œil que lançait le routier à ses femmes nues.

— Vive, ronde, ferme, bouclée.

— Donc, elle en redemande.

Le jour se laissait glisser sur les collines, et Charles en lui-même.

— Mais enfin, reprit Calixte, la nature est vagabonde. Je vais faire un crochet en campagne, au prochain péage. Tu n'es pas pressé?

Ils s'arrêtèrent à une petite station-service qui aurait pu loger dans le trente-cinq tonnes. Charles aperçut une femme aux cheveux gris derrière la vitre où pendaient des confiseries. Elle coula dans l'ombre.

— J'en ai pour cinq minutes, dit Calixte en descendant.

Charles le vit tendre la chaîne qui protégeait l'accès aux pompes, entrer comme chez lui, fermer la porte et tirer le rideau. Le mur du ciel se rapprochait. Charles posa une main sur son ventre qui lui faisait mal. Toutes les femmes aux quatre coins de la cabine le regardaient, moqueuses, sûres d'elles. Par petites touches il recomposait le portrait de Jeanne, les yeux fixes, silencieuse, efficace.

— Tu vois que ça n'a pas été long, dit Calixte en allant reprendre la grande voie. Son mari a roulé sous un camion. Elle m'en parle toujours. Ça fait dix ans. La Compagnie l'a dépannée. Nous sommes une grande famille. Et dis-moi ce que tu penses des affaires. Tu n'as pas envie d'un grand coup de torchon ?

— Pour quoi faire ? dit Charles.

— Tu les payes ! Ils t'étranglent, maquerelle de pipe ! Sais-tu combien j'ai payé d'impôts, cette année ?

— Combien ? dit Charles.

— Je préfère ne pas en parler. Tiens, l'Espagnol, je vais me l'offrir.

L'énorme semi-remorque de Murcie le laissa venir à sa hauteur, et la lutte s'engagea, longue, à qui battrait l'autre d'un capot. Calixte et le chauffeur inconnu échangèrent un pouce victorieux, et l'Espagnol céda, saluant d'un coup de phare.

— Tu fais partie de quelque chose ? Tu as une carte ?

— Non, dit Charles.

— Si tu restes à Marseille, viens à notre réunion de la semaine prochaine. Il faut sortir de la mélasse. On t'apprendra comment te tenir. Tu m'as l'air de te laisser aller, de faire ta vie en stop.

Calixte rouvrit le robinet de la radio.

— Je reconnais que les Nègres ont de la musique.

Ils arrivèrent en Provence. Des sarments de bronze noircissaient sous un ciel sans couleur. Charles fait immédiatement partie du paysage. Il a toujours connu ces rocs blancs sur lesquels tombe sans plis l'espace vierge à goût de métal. Mais on arrivait au port. Calixte gara le véhicule près des grilles d'un dock.

— Adieu, dit-il à Charles en lui tapant l'épaule, tu es un bon compagnon, un peu fada, mais...

— C'est vrai?

— Bonne mère, oui! Tu trimballes pas mal de fées!

Le soleil patientait au ras des flots. Dans la courbe du viaduc qu'il avait pris à toutes jambes et qui n'était pas pour les piétons, Charles s'arrêta et sourit à l'astre qui l'attendait pour ôter son masque, en fin de partie, la barbe pourpre et mauve de la mer.

John Mélanidès, de son vrai nom Jean Mélat, le décorateur de *Nabuchodonosor*, n'était pas satisfait des fauteuils qu'il avait trouvés dans la réserve du Grand Théâtre. Les bergères Louis XV dans lesquelles il voyait s'asseoir le Scribe et la Renommée, qui faisaient, aux deux bouts de l'avant-scène, la liaison parlée des actes voulue par le maître Knapperschnaps, lui paraissaient trop se fondre au décor mésopotamien qu'il avait pourtant, et curieusement, voulu galbé. Il fallait au contraire mettre une distance entre les faits et leur commentaire, soutenu par un léger tam-tam. Mélanidès se tenait à un itinéraire rigoureux pour sa course à pied vespérale. Il ne se levait qu'au milieu de l'après-midi et croquait ses décors à la nuit. En survêtement de soie parme et ceinturé d'une serviette éponge où l'on pouvait lire le nom du palace d'origine, il courait le long des rues tranquilles, autour du jardin public. Les deux fauteuils à oreilles l'arrêtèrent devant la vitrine de Marc-Antoine Deuil père et fils. Leur côté voltairien et leur dos incliné pour un rire tendu n'attendaient que le Scribe et la Renommée.

La première fois qu'elle vit les fauteuils au-dessus d'elle, Mme Favorite, sur sa chaise de fer au fond de la fosse, manqua son entrée de clarinette si grossièrement que le Volatile et l'orchestre en rirent comme d'une farce, mais il ne faut pas exagérer, toc toc, reprenons. Jeanne en restait malade. Elle ne pouvait plus se déplacer sans le fantôme de Charles, et pas à son côté, pas à l'intérieur, mais de face, à chaque coin de rue. Ici même, elle heurtait ses meubles! Elle prit rendez-vous avec le directeur, qui lui dit:

— Chère amie, aussi vrai que je m'appelle Groseillier, j'entends souvent Beaucellier, Mosellier, les gens n'articulent pas et n'ont plus d'éducation, vous ai-je jamais donné du Majorite, par exemple?

— Au début, oui. Le premier jour.

— Je vous prie encore de m'excuser. Entrez! Qu'est-ce que c'est?

— Une lettre, dit le concierge sur le pas de la porte. Recommandée, faut-il signer? C'est bien adressé à vous, monsieur le Directeur, mais c'est libellé au nom de Fausaignier.

Le directeur se tourna vers Mme Favorite:

— Vous vouliez une preuve? Elle ne s'est pas fait attendre. Donnez-la-moi, Lubin.

— Lumain, monsieur le Directeur, Lumain comme la main.

Le directeur ouvrit l'enveloppe, se tourna vers la fenêtre et lut à mi-voix, en sautant les mots: «... extrême obligeance... votre temps précieux... ma partition... quintessence aléatoire... ma septième lettre... »

« Lumain ?

— Oui, monsieur le Directeur, je recolle et renvoie à l'expéditeur, comme d'habitude ? Il y en a quelques-uns comme ça, qui se prennent pour Haendel. Enfin !

Il sortit, et le directeur offrit à Jeanne un verre de porto dont l'étiquette hors d'âge était collée de travers et qui parut bien vert à la clarinettiste, mais le vin comme les hommes ont des retours étonnants.

— ... aussi vrai que je m'appelle Groseillier, nous sommes dans une affaire diabolique. J'ai pris à la légère la disparition de mes flûtistes, mais il y a du nouveau, je fais surveiller leur remplaçant.

— Par la police ?

— Gardez cela pour vous.

— Il y a des maisons, dit Mme Favorite d'une voix angoissée, des armoires, des chaises, voire une bague, une tête d'épingle, qui portent malheur, un malheur toujours égal et implacable, quelle que soit la dimension de son refuge. La police est impuissante devant ces phénomènes. Je pense qu'une voyante ferait mieux l'affaire, ou un radiesthésiste.

— Eh bien, reprit le directeur, c'est aussi l'avis du commissaire Malandre et il a pensé à la baguette magique la plus longue et qui balaie tout, la télévision. Malandre va faire jouer ses amis en haut lieu et nous verrons bientôt, côte à côte, les têtes de Victor et de Charles Sénevé.

— Comme autrefois ?

— Voyez comme le temps passe ! Il n'y a guère plus d'un an que nous avons pu voir le portrait du Vieux sur le petit écran.

— Les recherches n'ont rien donné.

— Mais cette fois, nous doublons la chance. Enfin, j'espère que joueront les appuis du commissaire, sans compter que la télé est le meilleur flic, mais on dirait que vous tremblez ?

— En quel état les retrouvera-t-on ?

— Il faut savoir ce que l'on veut. Je sais bien que Charles vous est cher, mais tout vaut mieux que l'ignorance. Nous sommes en plein roman, et nous cherchons la vérité, la vie.

— N'est-elle pas un roman ? soupira Jeanne.

Le directeur parut inquiet. La double porte, les tapisseries du bureau, le lourd tapis et les bibliothèques voilées laissaient encore passer les chœurs de *Nabuchodonosor* qui répétaient à l'étage du dessous. Le chant triomphal du dernier acte jurait avec le doute de l'entretien et soulignait le malaise de Jeanne.

— Je pense qu'un doigt de porto, dit Groseillier, est nécessaire. A votre santé ! D'ailleurs, j'ai parlé de vous au commissaire.

— Pourquoi ? dit Jeanne qui s'étranglait.

— Pour qu'il ait un motif décisif. Victor et Charles Sénevé ne sont rien pour lui, mais votre visage, votre douleur l'ont saisi. N'importe quelle action humaine ne se déclenche que pour un être particulier. Dans la fosse d'orchestre, vous jouiez pour Charles, non pour la salle sans visage qui finalement en profitait. Avouez !

— Je m'en rends compte aujourd'hui, dit Jeanne.
— Ah, vous auriez vu Malandre! J'ai dépeint votre détresse. Son œil s'est mis à luire.

On entendit le remue-ménage des choristes qui s'égaillaient, l'étude finie. Le cœur de Jeanne fit le même bruit que les pas dans l'escalier. Son intérieur déménageait. Il restait devant elle les deux verres vides, la bouteille de porto sur la table basse, les semelles claires du directeur, jambes allongées, mains jointes au bout du nez. La pièce avait la douceur d'un écrin, et Charles y était posé comme un ivoire.

— Malandre, vous le connaissez, rond, la moustache gauloise, toujours les manches relevées. Vous lui mettez un tablier à bandoulière et c'est le roi des bouchers. Qui pourrait soupçonner son âme exquise? Votre nom l'a mis en branle. Et, c'est étrange, il avait l'air d'entrer dans un roman. Je lui dis que je voulais enfin connaître la vérité et il m'a répondu, comme vous, que la vie est un roman. J'ajoutai : « Restons au fait : mes deux flûtistes ont disparu. Où sont-ils? » Il me répond : « La vie est un ragoût! Des morceaux dans une sauce. On touille. »

— Je soupçonne sa sauce au vin! s'écria Jeanne que l'odeur du ragoût rendait nauséeuse.

Le directeur replia ses jambes.

— Quel espoir en tirer? dit-elle en réprimant un hoquet.

— Je me le suis demandé, dit Groseillier, quand Malandre m'offrit l'un de ses affreux ninas et ajouta : « Mais enfin, vous les avez remplacés, vos flûtistes! Alors, leur disparition est-elle si grave? Croyez-vous qu'il puisse exister des êtres irremplaçables? » Je lui rétorquai que certains sentiments le sont et je décrivis vos souffrances.

— Toute la ville va donc être au courant? s'écria Jeanne — et, en même temps, elle savait gré au directeur de lui découvrir un mot qu'elle n'avait jamais soupçonné, mais si vrai, si total : souffrir! Elle s'était mise à souffrir. Le passe-temps Charles devenait l'arrêt du temps. Elle le revit avec la sphère laiteuse dans les mains, près de la pendule arrêtée, nu entre les fauteuils où restaient leurs linges aussi terribles que les traces d'un crime.

— A cette pensée, le regard du commissaire s'anima, dit Groseillier. Il me parla de l'amour qu'il ne faut pas quitter d'un œil, toujours enfant, toujours à courir le buisson! « Sans cesse le rappeler à l'ordre, l'appeler encore! Nous allons lui lancer des messages sur toutes les ondes, sur toutes les fréquences. Dites à Mme Favorite de venir me voir, que j'en sache plus sur Charles Sénevé, car vous n'ignorez pas qu'un policier en chasse doit se mettre dans la peau du gibier. »

— Je n'irai pas, dit Jeanne.

— Ne lui prêtez pas d'arrière-pensée, affirma Groseillier. C'est pour vous faire plaisir. Il me l'a dit. Il a tant d'affaires sur les bras! Dans la semaine, on a dénombré trois meurtres dans la ville, six incendies criminels, huit viols, vingt cambriolages, plus de cent agressions, et la disparition de quelques chats dont on a retrouvé les peaux qui séchaient avec la lessive dans les quartiers portugais et turcs. Je sais bien que je n'aurais pas aimé être femme, mais enfin l'homme n'est pas à rejeter en bloc. Certains savent se tenir. Revenez quand vous en sentirez le besoin.

A la porte, le directeur baisa la main de Jeanne. Elle sentait bon. Le parfum en était indéfinissable, d'un oriental fané qu'il respirait en vacillant dans le couloir des loges quand il parcourait le théâtre vide pour trouver le sommeil, certaines nuits difficiles.

— On a volé ton sac? dit M. Favorite.
— Non, pourquoi?
— Tu en fais une tête!
— Il paraît que nous allons voir les Sénevé à la télévision, dit Jeanne.
— On les a retrouvés? Ils se sont retrouvés? J'ai toujours pensé que c'était un coup monté!
— Tu ne devrais pas penser, René. Cela t'égare.

Elle l'embrassa tendrement. Vais-je enfin mettre mon cœur à nu? Pourquoi troubler cet homme innocent? Il a déjà mis nos deux partitions sur les pupitres. Il a préparé le café et les tasses de lait caillé, son régal que j'ai fini par aimer. Le soir est simple et de la couleur de la maison, ocre jaune. Ce serait bon de sortir d'ici. Le temps a la lenteur des plantes. Le timbre de la pendule glisse une facétie dans les duos que nous prolongeons avec délices dans le noir, sans allumer une lampe. Dehors, l'aventureux amour passe à pas de loup et sans doute nous envie. Oh, Favorite! Elle l'embrasse de nouveau sans qu'il s'en étonne. Elle ferme les yeux. Le chagrin l'étouffe.

La première de *Nabuchodonosor* fut un triomphe. L'Europe était là et la culture, avec ses ministres. Chacun jouait de l'éventail avec le programme dessiné par John Mélanidès, un casque antique posé sur le désert, et les regards se tournaient avec approbation et quelque langueur vers Klaus Knapperschnaps dont la longue silhouette d'acier fendait le grenat de la loge royale. Quelques fleurs lancées de la salle vers la scène tombèrent dans la fosse d'orchestre, et Mme Favorite ramassa une rose. Fred le timbalier tira l'une des épingles qu'il piquait au revers de sa veste et vint l'offrir à Jeanne, qui fixa la fleur au creux de son épaule. Sur le rebord d'une avant-scène, un homme obscur, main en pavillon à l'oreille, prenait avec un bout de crayon des notes pour son journal. On distinguait des ambassadeurs flaubertiens, des notables proustiennes, des aigrettes, des perles, de sévères et rebondis balzaciens et des rangs impressionnants de maîtres d'hôtel venus accompagner leurs clientes. Pendant les entractes, l'homme obscur se faufilait au foyer, au bar, dans les escaliers qui tournaient de l'œil sous les parfums et reprenaient conscience au coup bas d'une odeur de pieds. Il surprenait dans le brouhaha les secrets des reins et des cœurs. Une petite fille le vit qui retaillait un crayon. Elle le regardait avec de grands yeux. Il nota : « Adorable émerveillement de l'enfance devant l'étude. Confiance en génération nouvelle. » La sonnerie appelait au troisième acte. Il regagna son fauteuil. Le prélude annonçait à coups de

trompe l'imminente destruction de Jérusalem, et le rideau se leva sur Nabuchodonosor immobile au centre de la scène, la bouche ouverte, le dos contre la muraille aux énormes blocs. Le Scribe et la Renommée échangèrent quelques paroles entre deux fracas de trompette :
— La gloire !
— Une poussière dans l'œil des sots !

Les chœurs qui représentaient l'armée s'avançaient en silence, à petits pas, vers le Roi et entonnèrent un chant qui le rassura. L'homme obscur profita de ce que l'on ne comprenait rien aux paroles du ténor pour relire ce qu'il avait surpris et noté en vrac.

— Van Gogh ? C'est dense, si dense ! Il y avait une queue ! J'en suis sorti la tête comme ça !

— La France est un paradis. Peut-il y avoir des pauvres au paradis ?

— Il est mort désespéré. Il avait un grillon. Il voulait lui apprendre *La Marseillaise*.

Au coup de cymbale, l'homme obscur leva un œil sur les murs de Jérusalem, qui, sous les fumigènes, montaient vers les cintres et laissaient une toile de ruines ensanglantées. Il revint à son carnet.

— Je les ai vus à la télé. Des gens bien quelconques.

— Que se passe-t-il dans la tête des gens quelconques ?

— Le cœur en as de pique !

Une femme voilée qui tenait un chat en laisse regardait s'éloigner les Babyloniens qui portaient Nabuchodonosor en triomphe.

— Klaus Knapperschnaps n'a pas cillé une fois des yeux. Haine de l'auteur pour son œuvre ?

— Quand tu n'as plus d'idées, retourne les proverbes. Ça grouille.

— La clarinettiste, les flûtistes sont partis à cause d'une nommée Favorite. Un drame d'amour.

— Ils sont partis ou elle les a... ?

— Ce serait un drame musical ?

— On dirait des gens bien simples, pourtant !

— Qu'y a-t-il dans la tête des gens simples ?

Le ténor montait sur ses ergots. Le grand air de *Nabuchodonosor* fut applaudi avant sa fin, tellement il tenait du tour de force. Le bruit couvrit l'orchestre, que le Volatile emportait au-delà des nues. Tout cela revenait de droit à Knapperschnaps, dont l'acier se trempait de plus belle aux flammes des bravos.

L'homme obscur se leva puisque le monde autour de lui était debout et se regardait applaudir. Il fourra les notes dans sa poche et battit des mains. L'ouvreuse en chef apportait sur la scène une brassée de glaïeuls enveloppée de papier cristal. La lumière du grand lustre s'y décomposait. L'homme obscur, sur quelques joues, aperçut des larmes et dès la sortie les nota. Il ajouta : j'ai attrapé une puce.

Le commissaire Malandre mit en ordre les appels qui affluaient de tous côtés. On avait vu les Sénevé, ensemble, aux quatre coins du pays, et tous souhaitaient que l'on coupât le plus vite possible ces têtes de terroristes, si leurs amis de sac et de corde ne l'avaient déjà fait. On avait reparlé d'exploits d'huissier, d'impôts non payés, de règlements d'espionnage et rouvert la piste d'une fuite vers l'Est, mais les Sénevé étaient retombés le deuxième jour aux oubliettes à la faveur d'un séisme que relaya un mariage princier. Restaient de-ci de-là leurs portraits sur papier journal dans des vestibules de commissariat, quelques vitrines de bureau de tabac où des billets de loterie mettaient à leur image sinistre des cadres multicolores aussi vifs que l'espoir. Cependant, Victor Sénevé se sentait de plus en plus libre et se fondait avec bonheur dans les choses, paysages ou ville, candeur d'un soir ou fraîcheur d'un matin, avec des arrêts de conscience qui donnaient tout son prix à la fuite, à la sensation d'être un peu de sable, heureux des tours et des détours du vent. Le fil des jours, autrefois, s'étirait, interminable et monotone. Ce n'était plus maintenant que boucles, et son âme jouait comme un chat d'une pelote. Joseph, Rodolphe, Bonneteau se relayaient au volant et garaient la camionnette couverte d'osier pour les paniers de Roberte à l'entrée des bourgs. Andersen, en bon conteur qui rêve toujours de tenir un pinceau, l'avait peinte de vagues et d'étoiles, avec les jaunes et les rouges brillants offerts par le marchand de couleurs. La mer et la nuit n'avaient jamais connu pareille fête, et Victor au plus mystérieux des opéras jamais trouvé le charme des récits d'Andersen. Le bougre détaillait par exemple les exigences de son père, amateur de poissons et qui n'allait pêcher qu'avec un fusil le long des étangs. Il attendait qu'un oiseau plongeât pour saisir sa pitance et reprît son vol, le bec chargé, pour le tirer, lui faire lâcher sa frétillante proie et la lui ravir. Ah, s'il avait pu raconter tout cela à Charles! Victor s'en émerveillait, ravi par les étonnements des petits de Térébinthe, mais l'enfant Charles, Victor le découvrait seulement maintenant en regardant Hélène. Un matin, l'aîné des mouflets aperçut un chauve de dos à sa fenêtre et demanda où il avait mis ses yeux, son nez et sa bouche. Bonneteau siffla, et le chauve se retourna, de nouveau complet. L'enfant battit des mains. Victor mit ses lunettes noires, prit le bras d'Hélène et l'entraîna vers la ville, à la recherche du meilleur terrain pour sa flûte. C'était un samedi, jour de mariages en chaîne. Donc, la mairie. Des voitures nouées de faveurs en tulle les doublaient à coups de trompe.

La jeunesse et la beauté d'Hélène plus que l'aveugle exaltaient les offrandes. Ils reçurent ce jour-là autant de pièces que de grains de riz. En s'éloignant, Victor ôta ses verres. Il revoyait les couples des cortèges, les hommes de son âge et leurs compagnes, dont la robe des grands jours accentuait l'embonpoint, les cassures, la vieillerie. Il se sentit un faux frère.

— Tu me regardes et tu t'arrêtes! dit Hélène en le tirant.

Il lui baisa la main pour chasser sa pensée, mais, retrouvant les épouses et leur air de triomphe, il vit Hélène au bras de chacun des jeunes mariés. Elle leur allait à tous! Oui, un faux frère.

— Tu es triste?
— Je pense à Charles, dit Victor.
— Tu n'arrêtes pas de me parler de lui. Pourquoi, puisqu'il te ressemble? Tu me l'as dit.
— J'aimerais qu'il te connaisse.

Et tout à coup il revécut la halte que la troupe avait faite au village de Mardanne, le repas à l'auberge et l'apparition sur l'écran de la télévision des deux Sénevé. Il n'avait rien dit, mais son cœur se rendait. Hélène et les autres n'avaient guère prêté attention à cette histoire de recherche. Joseph n'avait fait qu'une remarque :

— Drôles de têtes.

— Oh! firent Térébinthe et Charlotte, pas plus que les nôtres. Qui n'a pas une tête d'assassin?

— On gagne quoi, si on le retrouve? demanda Bonneteau — mais déjà Rodolphe parlait de l'itinéraire qu'il soumettait.

Au lieu d'aller directement à D..., il suggérait un crochet par G..., parce qu'il y a là un musée napoléonien. Écoutez. Il lut un des dépliants qu'il prélevait à chaque syndicat d'initiative. « Place Ney, anciennement du Gros-Platane, maison Craquet, biscuiterie depuis deux siècles. L'Empereur y fut logé une nuit. On y vénère sa brosse de toilette où il reste plusieurs cheveux. Visite l'après-midi. »

Ils s'y rendirent en groupe, demi-tarif, et l'on ne fit pas payer les enfants. C'est à l'étage noble une chambre à l'ombre lavande dont l'odeur se retient, cire et crin. Les persiennes fermées empêchent le soleil de manger les immortelles du mur. Le plancher a les mêmes craquements que l'Histoire.

— L'Histoire, dit la gardienne, laisse toujours un chapeau au bord de ses précipices. Nous en avions un du regretté Napoléon. On nous l'a volé.

— Tu penses à l'Empereur? demande Hélène.

— Oh, je suis beaucoup plus vieux que lui! dit Victor.

— Tu n'es pas vieux. Quelle question!

— Pourtant, reprit Victor, je le suis. Je l'ai appris un beau jour. Je rentre à la maison et je trouve Charles avec ma collègue de l'orchestre, une excellente clarinettiste. Jeanne Favorite! Jamais je n'aurais pu soupçonner leur manège!

— Charles avait bien le droit! Elle aussi! Tu l'aimais?

— Ma femme entendait tout, de sa chambre.

A quoi bon remuer tout cela? La chaleur monte, marche à marche. Je tiens la main de la fille la plus pure. Les anges ont un beau sexe en amande. Je n'ai pas encore fait l'amour avec Hélène. Nous avons failli, pourtant. Pourquoi dépose-t-elle un baiser sur mon cou derrière cette barbe qui m'ennuie ? Me remercie-t-elle d'avoir fait Charles ?

— La chaleur, dit Hélène, on dirait un escalier.

Et ils montaient ensemble vers le bonheur qui ne demande rien. Dominant une pelouse ronde au fond du mail, un amour sur son socle, l'arc à la cuisse, s'épongeait le front. Victor alla tâter le marbre, il était frais. Hélène s'allongea dans l'herbe.

— Joue pour moi.

— Je ne joue jamais que pour toi, dit Victor en sortant sa flûte.

— C'est ton meilleur sexe ? demanda-t-elle.

Elle éclata de rire. Au bout de l'allée, les amis qui regagnaient le campement parurent en s'étirant.

— Magnifique ! s'écria Rodolphe qui tenait Charlotte par la taille.

— N'arrête pas, Victor ! dit Andersen. Nous nous asseyons autour de toi, si tu le permets. Haendel ! Des amis sous les tilleuls. Des tilleuls en laurier ! Ils vont ceindre ton front.

— Laisse-nous écouter, dit Bonneteau, Victor n'a jamais mieux joué.

Les enfants s'étaient endormis sur la pelouse. Hélène, qui écoutait les yeux fermés, en fit autant et les autres la suivirent. Victor cessa son improvisation. Il aurait offert sa flûte au Dieu de marbre si Charles avait pu être là. Car c'était bien la plus merveilleuse nouvelle. On le recherchait, lui aussi !

Une fugue semblable à la mienne. A-t-il bien fermé la maison ? A-t-il cru à ma mort ? Que sont devenus le globe terrestre, les fauteuils, le service à liqueurs ? Et Mme Favorite ? J'ai bien entendu dans la camionnette une déclaration de Klaus Knapperschnaps : « L'orchestre du Grand Théâtre s'est surpassé malgré les convulsions qui l'ont saisi à la disparition de deux de ses membres. Cela dit, les mots me manquent pour faire l'éloge du plus éclairant des directeurs, M. Roseillier. »

— Il doit s'agir de Groseillier, remarqua Victor à haute voix.

— Tu connais ? dit Joseph relayé par les autres : tu connais ?

— Non, dit Victor, je trouve Groseillier musicalement plus riche, plus naturel.

— Les groseilliers, dit la petite de Térébinthe, c'est plein d'yeux rouges, comme les lapins.

Ils firent la sieste avant le repas du milieu d'après-midi, et Joseph plongea dans le moteur de la camionnette qui demandait souvent des soins.

— Je n'ai plus de perles, dit Charlotte. Juste de quoi faire encore un collier.

— J'y vais, dit Bonneteau. Prête-moi tes cisailles, Joseph.

Hélène était de jour pour la vaisselle avec Térébinthe. Rodolphe l'essuyait en écoutant les deux sœurs parler des hommes.

— Aimer, c'est ne pas se poser de questions, dit Térébinthe.

— Mais il m'intrigue !

— Alors, j'ai des doutes. Même dans le coup de l'échelle double, on ne se pose pas de questions.

— Qu'est-ce que c'est ?
— L'équilibre, ma petite ! Par exemple, entre un lève-tôt qui vit de café, de silence, de viande, de rugby, et une couche-tard à thé, rock, pommes en l'air et aquarelles : tellement contraires que le face-à-face les tient.
— J'aime le café, le thé, la viande, le rugby, l'aquarelle, la pomme en l'air, le jour et la nuit, dit Hélène.
— Et Victor ?
— Pareil !
— Baissez le ton, dit Rodolphe. Ne troublez pas Victor. Il est dans les Évangiles.
— C'est aussi mon livre préféré, dit Hélène.

Victor sommeillait, le dos contre un pneu et penché sur la Sainte Écriture qui ne le quittait jamais. Bonneteau revenait, le visage grave.
— Un cimetière d'une grande pauvreté, dit-il. Très peu de couronnes et hors d'usage. J'ai fait seulement deux poches de perles. En revanche, les couleurs sont plus gaies qu'à l'ordinaire.

Il en prit une poignée et ouvrit la main.
— Cela va faire de jolis bracelets, dit Charlotte, et des jeunesses heureuses.

Charles avait pris ses quartiers de récital sur le vieux port, près des poissardes, des vives, des congres et des rascasses. Avec le soleil il se sentait moins fripé, mais il attendait avec impatience d'avoir de quoi troquer son triste et lourd vêtement contre une toile claire. Il pensait que trois semaines suffiraient. Des touristes venus du froid abrégèrent son attente. Il dut échanger quelques couronnes et florins dans l'un des bars d'une rue voisine, non loin du placard qu'il avait loué au fond d'un immeuble et qui donnait par un vasistas sur un puits de lumière marbré par les pigeons. Le matin du costume neuf, il se rendit aux bains municipaux. Des chansons de corps de garde travaillaient la buée saisie par les désinfectants. La barbe encore mouillée, ses vieilles nippes en boule, il alla rapporter la serviette et régler ce qu'il devait à la caisse qu'un géant chauve aux bras nus tenait près de la sortie. L'homme avait l'air absent, près d'une télé portative. Charles vit tout à coup apparaître le portrait de son père et le sien.

« La disparition des flûtistes du Grand Théâtre, dit le commentateur, laisse la porte ouverte à toutes les conjectures. »

L'enquête se dirigerait de nouveau, comme l'an passé, vers une société secrète en faveur de la renaissance de la Lotharingie, ce royaume vertical dont l'existence, hélas éphémère, eût préservé pour mille ans les déchirements de notre vieille Europe.

L'image des Sénevé, qui ressemblaient aux deux premiers venus des plus misérables, laissait des doutes sur la puissante barrière lotharingienne. Elle fit place aussitôt à celle d'une femme en soutien-gorge. Le colosse sans poils de la caisse regardait ce client à la barbe noire qui fixait l'écran. Il soupira.

— Il leur manquera toujours l'essentiel, allez! Vous oubliez votre monnaie!

Charles crut entendre la voix doucement humide de Fred le timbalier et retrouva la rue où, malgré l'heure matinale, des filles en rase-pet déboutonné parlaient famille en attendant le client. Le cœur de Charles se serrait à la pensée de son père et, comme il le voulait heureux, il pensa pour finir que la Lotharingie était une bonne piste qui ne mènerait jamais à le retrouver. Il souhaita de toutes ses forces que Victor fût devenu méconnaissable et serra sa barbe comme s'il eût voulu l'arracher pour la lui offrir, mais à l'instant il sourit, certain que Victor avait la sienne, lui aussi. Il entendait même rire ce père jadis si peu expansif. Il se retourna comme s'il le sentait derrière lui et qu'ils allaient tomber dans les bras l'un de l'autre. Enfin, enfin, ils s'amusaient et ils osaient se l'avouer. Ils ne faisaient qu'un.

Ce n'était pas encore pour aujourd'hui. Des inconnus traversaient la rue entre les voitures vers les prostituées et choisissaient leur songe. A portée de fronde le ciel jouait à pigeon-vole. La chaleur titubait. Dans le miroir fendu qui tenait par trois clous et flottait dans la pénombre, Charles se trouva bien élégant pour attiser la charité, mais peut-être qu'un trop-plein de tenue fait penser à des malheurs plus profonds. La flûte traduirait toute seule la solitude et le désemparement. Est-ce le coin qui veut cela ? Deviendrais-je aussi pute ? Il trouva du charme à cette pensée, se sentit disponible et décida que ce jour serait de parenthèse. Il ne joue plus qu'à flâner. Le loyer est payé pour un mois. Allons faire une folie de table d'hôte ! La ville est à moi ! Je l'invite.

Il trouva une salle fraîche qui baignait dans ses miroirs et choisit un sandre rôti au jus de viande, servi sur une purée de fenouil. Dans cette heure fabuleuse la divinité vous fait signe au fond du tableau. Le regard de Charles a la douceur d'un pinceau de martre et reprend au premier plan le croisillon noir de la fenêtre à petits carreaux, puis le vert découpé en étoiles, le bleu qui sort d'un plan jaune. Oui, l'un des culs-de-sac du paradis ! Sur la place étroite à la claire ordonnance, les platanes soutiennent un ciel invisible au-dessus de persiennes closes. Merveilleuse vie où l'on peut accrocher un tel chef-d'œuvre ! Charles est tellement heureux en reprenant sa marche que l'on se retourne sur lui. Les rues sont encombrées de gens qui parlent seuls! Regardez celui-là!

— Enlève ta barbe! crie un plaisantin, on t'a reconnu.

Charles revint sur terre. Il croisait des femmes aux chevilles ceintes d'or, des hommes à boucles d'oreilles, des enfants jouant avec un revolver, des vieux, le menton sur leur canne. Le cri d'un dernier ambulant l'atteignit : « A ma vitre! Vitrier! » Il arriva aux escaliers qui montent vers la gare. Des jeunes gens s'y lisaient des poèmes que d'autres avaient écrit là, assis sur ces mêmes marches. Ils semblaient en pleine aventure, beaucoup plus que dans la solitude d'un tour du monde à la voile, la capsule d'une fusée ou quelque armée taillant un nouvel empire, et Charles revoyait son père ravi par le livre minuscule qui ne le quittait jamais. La maison, les fauteuils, le globe, les pupitres et les partitions cornées l'entouraient. Ce bancal qui passe, canne et képi, c'est Mouchet, c'est le gardien du jet d'eau!

— Vous voulez ma photographie? dit l'inconnu.

— Non, dit Charles.

— Êtes-vous sûr de ne pas boiter un jour? Un bancroche, c'est intéressant!

— Excusez-moi, reprit Charles. Vous me rappeliez quelqu'un.

— J'en doute! Parce que ça, dit-il en donnant un coup de canne sur son pilon, c'est l'été 40, monsieur! Les Ardennes! Et la seule jambe à avoir fait un crochet à l'armée allemande! J'ai l'honneur de ne pas vous saluer.

Charles revint vers les escaliers. Les lecteurs étaient toujours dans l'autre monde. Il rentra dans la ville bruyante, perdant sa panoplie : le jet d'eau, le gardien du parc, la maison où maman Sénevé écrit dans son lit, collée par trois oreillers, elle ne fait que cela, depuis son attaque, il y a si longtemps! Elle demande le globe, quelquefois le journal que ses hommes ne lisent jamais. Elle songe à la fosse d'orchestre, à l'œil bleu de Mme Favorite, aux tremblements du Volatile. Fort peu de choses font toute une vie. Heureusement qu'elles se répètent, qu'elles ne se lassent jamais. Profitant d'une fontaine, Charles but de l'eau dans sa paume, et, comme il s'essuyait les lèvres d'un revers de main, il demeura saisi. Un automate, les mains sur une flûte, une boîte à biscuits en collier sur la poitrine, avec une fente en tirelire, se tenait devant un platane de la place, le visage poudré de blanc sous un canotier, les yeux noirs et fixes. On lisait le papier collé sur la boîte : « Mettez un franc et je bouge. » Personne ne faisait attention à lui, sans doute était-ce un habitué. Charles jeta une pièce. La tête branla de droite à gauche. Les doigts amenèrent en deux secousses la flûte aux lèvres, et l'on entendit un arpège, un seul. Par le même mécanisme, les avant-bras retombèrent, les yeux cillèrent, la tête eut un nouveau tremblement et reprit son immobile et droit regard. Un gros merci en lettres rouges ornait le côté de la boîte. Charles hésita, puis dit :

— Vous ne jouez pas?

L'homme qui devait être un peu plus jeune que

lui, d'après le noir des cheveux, à l'arrêt du masque, n'eut pas un frémissement.

— Comment tenez-vous? Combien de temps?

L'automate ne bronchait pas. Deux amoureux vinrent glisser de la monnaie dans la cagnotte, et la séance reprit, aussi courte et parfaite. Une troupe de Japonais descendit d'un car pour le mitrailler, puis l'un d'eux jeta une pièce, et, les rires augmentant, chacun prit son tour pour activer l'extraordinaire machine vivante et sans passion. Charles alla s'asseoir à la terrasse d'un café voisin et regarda sa montre. Oui, combien de temps pourrait tenir ce rival? Il attendait depuis plus d'une heure sans que la mécanique eût bougé d'un pouce au dépit des enfants qui venaient le narguer, le toucher, danser autour de l'arbre dont les feuilles frémissaient au-dessus de l'immobile. « Le meilleur ami, c'est l'écu en poche. Le meilleur ami, c'est l'écu. » Les petites voix rieuses s'éloignèrent, et l'automate qui ne voyait plus rien venir alla s'asseoir à la terrasse, près de Charles.

— Ça dépend, dit-il tout à trac, une ou deux heures, mais il m'arrive de tenir plus. Question de morale. Je me bats contre moi-même. Je ne suis qu'un point, monsieur, point final! Un trait nul, si vous préférez. Ah! si je connaissais la musique! Je ne serais plus que pleins et déliés dans une arabesque infinie! Évidemment, je change de coin pour me faire illusion. Hélas, si le décor n'est pas le même, les personnages sont partout identiques. Par bonheur, il y a les enfants. Il m'arrive de bouger les yeux quand ils approchent. Voyez combien je suis imparfait!

— Et la police ne vous ennuie jamais ?

— J'en fais partie, monsieur. On voit tellement de choses quand on ne bouge pas.

Charles serra les genoux.

— Vous me dites cela sans me connaître ?

— Oh, monsieur, je vois que vous êtes un touriste honnête, propre au-dehors comme au-dedans. Votre œil est net, vous sentez le savon. La ville vous plaît ?

Charles allait dire infiniment, quand un homme haletant traversa la place poursuivi par une troupe de jeunes gens emplumés de mèches vertes et rouges, le crâne à demi rasé. Ils rattrapèrent le fuyard et l'entraînèrent de force dans un couloir, entre deux boutiques.

— Ne vous effrayez pas, dit l'automate. Ils jouent.

— Ils n'en avaient pas l'air, dit Charles.

— C'est William, de son vrai nom Constantin Velu, il habite à deux pas. Dans mes débuts, je lui ai conseillé de changer de domicile, mais il aime son quartier. Vous n'avez jamais vu William ?

— Non.

— L'une des plus grandes vedettes pornographiques, un phénomène de haute virilité. Alors, de temps en temps, ils le poursuivent, ils veulent se rendre compte de visu s'il est bien, s'il est toujours, comme dans ses films. En ce moment, il s'exécute dans le couloir, et les traîne-patins vont ressortir et le porter en triomphe. Que vous disais-je ? Les revoilà ! Et regardez William, il aime ça !

— Pourquoi fuyait-il, l'air hagard ?
— Le jeu, monsieur ! A chacun ses règles.
— Ils vous connaissent tous ? Ils savent qui vous êtes ?
— Naturellement.
— Je suis naïf.
— C'est la seule façon d'être heureux. Je vous envie ! Voulez-vous me montrer vos papiers, s'il vous plaît ?

L'automate présenta sa carte et Charles la sienne.

— Sénevé, Charles, Auguste, Aimé, musicien. Vous êtes du Nord ? Évidemment, dès que vous avez une minute, vous venez chercher le soleil. Comme je vous comprends !

Charles se vit retrouvé, donc perdu. Il fallait bien que sa fugue finît un jour, mais que peut-on lui reprocher ? L'automate l'a-t-il vu sur le petit écran ? L'étrange pierrot lui rendit sa carte.

— Excusez-moi, dit-il en quittant subitement la terrasse pour aller reprendre sa faction devant l'un des platanes.

Une voiture close faisait pour la troisième fois le tour et s'immobilisait. Un individu gros et noir en descendit pour aller mettre une pièce dans la tirelire de l'automate, qui leva mécaniquement sa flûte. L'inconnu semblait l'écouter, mais ses lèvres remuaient, et il regagna sa voiture. La douceur de la place, que traversait en diagonale un chat mal en point qui courait sur trois pattes, eut soudain quelque chose de vénéneux. Charles s'en alla sans que l'automate eût bougé. La ville lui parut un décor derrière lequel se jouait la vraie pièce. Il se laissa entraîner par une fille, plus pour quitter la rue que pour satisfaire un désir qu'il n'avait pas. La chambre était cambodgienne avec au-dessus du lit une pendule en forme de gouvernail. La fille alluma une tige d'encens fichée dans un pot de sable et roula une cigarette.

— J'aime l'élégance, dit-elle, tu as l'air de sortir de ta boîte, et tu ne te jettes pas sur un os, mais enfin nous ne sommes pas là pour causer des fins dernières, à moins que tu ne préfères.

— Si cela ne vous déplaît pas, dit Charles.

— En ce cas le tarif est double. Les positions du corps sont limitées, mais celles de l'esprit foisonnent, et j'aime la saine fatigue, ce qui rend parfois difficiles mes rapports avec les consœurs. Elles ne pensent qu'à leur progéniture, aux premières communions, à leur retraite. Qu'est-ce que tu fais dans la vie ?

— De la musique.

— Tu écris des chansons ?

— J'interprète, surtout les classiques.

— Alors, tu es heureux. Pourquoi viens-tu me trouver ?

— Vous m'avez entraîné, dit Charles.

— Parce que tu le voulais bien. Qu'est-ce qui ne va pas ? Tu es seul ? On t'a quitté ?

Charles pensa à Mme Favorite et, de la meilleure foi du monde, vécut en une seconde l'une des vies possibles avec Jeanne. Ils étaient heureux, rapides dans le plaisir, liés par un commun travail, sans colères et sans reproches. Pourquoi s'enfuit-elle avec le hautboïste ? Qu'avait donc de si séduisant cet échalas funèbre de Favorite ? Jeanne partait avec lui pour les îles, pour Bali ! Et je lui offrais, moi, le plus beau des globes terrestres, les mers laiteuses et les étoiles de cuivre !

— Oui, dit Charles.

— Parce que évidemment tu demandais trop ! Voilà le défaut capital.

Les paroles de la fille sortaient avec la fumée qu'elle avalait à longues goulées. Les dires de la pythie, dans la nuit des temps, devaient leur ressembler. Charles n'avait plus envie de partir. La chambre sommeillait dans le demi-jour.

— N'y pense plus, mon bonhomme. As-tu envie de boire quelque chose ?

Elle appuya sur un bouton. Un gnome à gilet bleu ciel apparut.

— Deux perroquets, dit-elle.

La boisson verte arriva au milieu d'un échange mélancolique qu'elle remit en couleurs.

— Vous foncez ! Vous foncez ! Tu as déjà vu des corridas ?

— Non, dit Charles.

— Il faut. C'est une bonne leçon. Tu n'as pas plus de jugeote que le taureau. Sans quoi, je ne donnerais pas cher des capes et des lumières ! A ta santé !

— Comment vous appelez-vous ? demanda Charles.

— Sainte, dit-elle. Je suis heureuse de rêver un instant avec toi. Imagine que nous nous soyons rencontrés autrefois. Quel beau couple ! J'aurais fait la cuisine, pendant que tu joues. J'ai commencé par l'école hôtelière et je suis tombée sur un capitaine au long cours. Cela ne pouvait pas durer. J'ai cru que les absences faciliteraient les retrouvailles, les chaufferaient à blanc. Ne me parlez plus d'absences! Tandis que toi tu es là, je t'ai toujours sous la main, tu n'arrêtes pas de me donner du grave, du sautillant, selon l'humeur. Tout le répertoire. En ce moment, par exemple, tu m'offrirais mon préféré : Haendel.

— Je veux bien, dit Charles.

— Et je te dirais exactement ce que c'est, parce que tu ne peux pas t'en rendre compte, tu es dedans! Moi, dehors, je sais, j'entre dans la cathédrale où les pénitentes décolletées s'agenouillent dans des confessionnaux à colonnes torses. L'encens leur tourne la tête.

— Les cathédrales? dit Charles.

— Fraîches, parce que c'est l'été. Tu ne t'en rends même pas compte! Et quand ces dames redevenues pures s'éloignent et passent le porche, elles retrouvent la paix qui est une colline avec un château et des bœufs. Il a fallu des siècles pour préparer cet instant-là! Comme tu joues bien, comme tu m'aurais rendue heureuse! Mais l'heure tourne, il faut... comment t'appelles-tu?

— Charles.

— Ah, Charles! Merci de t'avoir rencontré, dit-elle en se levant.

— Restons encore.

— Tu ne connais pas le mal du trottoir! Quand il nous tient!

Charles regarda le lit intact couvert d'une résille.

— Haendel! murmura Sainte. Des rouets gigantesques tissent un fil de la Vierge pour l'adolescente qui sort du bain, et c'est moi! Si tu repasses par ici, viens me voir. Toujours devant le numéro neuf. Patiente, si je suis à l'étage. Je n'en ai jamais pour longtemps. Tu es la fleur de ma clientèle! Conserve-toi!

Charles s'effaça pour lui laisser la porte comme elle rajustait par habitude son ensemble de cuir noir et ses lèvres indigo. En arrivant dans la rue, il la trouva qui riait avec d'autres filles dont l'une l'encensait avec son sac.

Charles regagna son placard, plia le costume neuf et s'endormit. Maman Sénevé l'attendait au fond d'un rêve, calée par ses oreillers dans le premier lit qu'il avait connu. On entend au-delà des murs et des rideaux tirés le passage des rapides et, de loin en loin, une hulotte qui s'aventure jusqu'aux arbres du jardin public. Sur la table de nuit, des fioles et des tubes de comprimés voisinent avec une bouteille d'encre, les Évangiles, un chapelet, des bagues aux pierres éteintes, une montre de voyage sur son chevalet de vieux cuir veiné. La mère de Charles ne détourna pas la tête, comme il allait jusqu'à la barre de cuivre du lit sans oser y poser les mains. La chambre avait la tiédeur d'un ventre et de brusques fugitives contractions. Charles avait envie de dire il ne savait quoi de très doux, mais ses lèvres se refusaient. Il vit la main de sa mère constellée de graines brunes saisir la poire électrique qui pendait le long du papier peint, et la nuit un instant vaporeuse devint absolue.

Quand il s'éveilla, le soleil était encore à jouir sur un ciel élastique et sans tache. Charles fit ses comptes. Il ne pouvait se laisser aller à des flâneries sur les fins dernières, les plus coûteuses depuis son départ. Il prit sa flûte, sa boîte à sous et se dirigea vers le premier coin rentable. Négligeant les arrêts d'autobus, l'angle des rues passantes, les marchés de plein vent, et trottant avec ivresse, il se retrouva près d'un hospice de luxe. Des gens entraient avec des cartons de pâtisserie, des bouteilles dans un filet. Il pénétra dans un vestibule où trois vieilles dames, endimanchées, caquetaient sur une banquette.

— Moi non plus, je ne retrouve plus ma chambre!

— Allons, nous ne sommes pas perdues! Il faut chercher.

— Cherchons! Je suis sûre que nous étions dans les étages!

Elles se levèrent d'un air décidé et tournèrent en rond avant d'aviser une note sur la loge du concierge : « Objets trouvés : un sonotone, deux cannes, un dentier. »

— Mon Dieu, dit l'une d'elles, il y a plus malheureuses que nous!

— Asseyons-nous encore un petit peu.

— Comment avez-vous placé votre argent, Marguerite?

Charles fit demi-tour. Le soleil l'attendait à la

porte, si fort qu'il vous entraînait dans un bruit de casserole, et vraiment c'était du cuivre sur la mer en feu où flottaient les îles calcinées. Le roulement incessant des voitures sur la corniche remplaçait le bruit des vagues. Charles sortit sa flûte en l'honneur du large, et par enchantement parut une voile, puis une autre, et toute une régate qui s'étirait à son souffle, heureuse.

Dans les étroites rues d'ombre qui mènent au puits lumineux des arènes, Hélène et Victor heurtaient de plus en plus de fainéants qui faisaient la manche, à demi couchés près de leurs chiens, de leurs bouteilles et d'une ardoise : « Tout travail est le bienvenu. » Les amis suivaient, sauf Rodolphe qui gardait Térébinthe et la camionnette garée près d'une église et qui détestait toute ville gavée de pigeons, roucoulante et négligée. Ils trouvèrent place au plus haut gradin de l'amphithéâtre. Le taureau leur parut un jouet d'enfant et la piste un œil plein de paillettes. Hélène et Victor tournèrent le dos au spectacle et, les jambes dans le vide, regardaient les micocouliers du boulevard, d'où les oiseaux fuyaient à chaque délire de la foule. Non loin d'eux, perchés sur une immense grue, des reporters filmaient la corrida. Il y avait des silences subits que délivrait un coup d'épée, des tangos de cuivre clair qui tournaient autour de la mort comme en s'excusant, épuisés, pareil à la langue blême du fauve. Rien n'habitait le ciel au-dessus des toits, dont les tuiles rondes rappellent le dos des livres et gardent le secret des vies.

— J'ai toujours l'impression que tu penses à ta femme, dit Hélène. Est-ce que les hommes ne sont jamais avec celles dont ils tiennent la main?

A la mise à mort manquée dans leur dos, les hurlements fracturèrent le ciel, des injures à se trancher la gorge. Les banderoles, les toiles peintes tendues en travers du boulevard, le vent leur donnait le son creux des coups de corne des fauves dans la cape qui les leurre.

— Elle te manque?

— Je ne vois pas pourquoi tu m'en parles, dit Victor.

— Elle vit toujours?

— Tu veux son portrait? C'est une personne intelligente, donc discrète.

— Pas comme moi?

— Tu es une autre variation, Hélène. Si nous vivions ensemble, tu finirais sans doute par lui ressembler. Elle se suffit à elle-même. Elle ne se quitte pas.

— Je me sens bien à ton côté. Ce n'est pas une raison pour me lier. Au contraire!

Elle lui donna gentiment du poing sur l'épaule.

— Tu me fais mal!

Hélène lui envoya une bourrade.

— Elle n'a jamais essayé de t'envoyer dans le vide? Comme ça, en riant, pour voir?

— Dorothée n'est jamais venue à la corrida. Nous avons eu une vie des plus simples. Pas de voyages.

Seulement quelques jours à Paris, pour les monuments. Elle a aimé les ponts sur la Seine. Un ensemble qui lui suffisait. C'est une de ses rares confessions. Quand Charles était petit, elle passait des heures avec lui dans le grand lit. Elle lui faisait des découpages avec des papiers et des ciseaux. Tout un théâtre : des anges, des diables, des bateaux, elle inventait l'histoire. Un jour, elle l'a blessé à la joue et elle en est restée pâle plus d'une semaine. C'est une personne que les bons gestes punissent. Alors, ces êtres-là ferment les portes et ne voyagent plus qu'à l'intérieur. Les seules sorties de Dorothée étaient pour le jardin public, les courses chez les commerçants du quartier, l'Opéra où elle pouvait venir autant qu'il lui plaisait, mais qu'elle n'aimait guère à cause de la foule dont elle se croyait différente et qui l'obligeait à se mettre en frais. Elle préférait sa robe de chambre. Elle en a une collection qu'elle a taillée ou tricotée elle-même. Elle nous en a coupé aussi, à Charles et à moi. Charles a joué de la flûte très tôt. Il fut toujours plus doué que moi. Maman nous écoutait pendant des heures. Plus tard, de plus en plus fatiguée, elle nous laissa au salon. Nous allions lui souhaiter la bonne nuit. Elle s'était endormie, une paume ouverte où l'on imaginait voir son cœur.

— Vous faisiez chambre à part, elle et toi ?
— Nuit à part.
— Il est évident que je ne pourrais pas écouter des duos de gammes toute la journée, dit Hélène. J'aurais vite dérivé dans le grand lit vers d'autres horizons. Laissez-moi respirer !

— Elle disait simplement, avec un sourire qui me fait toujours mal : à demain, je vais à mon opéra !

— Je parie qu'elle n'aimait pas la musique.

— Je n'ai jamais su vraiment.

— On ne peut pas vivre avec un musicien et aimer la musique !

L'arène comble retenait son souffle. Le torero faisait tourner à son gré la bête obtuse.

— Elle avait une préférence ? demanda Hélène.

— Haendel. C'est sa Bible. Elle l'a connu dans sa jeunesse au pensionnat de la Sainte-Famille, et chanté. Dorothée était de famille luthérienne, moi catholique romain, mais nous ne pratiquions que la musique.

Soleil dans l'œil, la fanfare en veste rouge, à mi-gradins, buvait dans ses cornets de cuivre un très doux paso doble. On arrivait à l'épuisement.

— Dorothée détestait aussi les visites. Il n'y eut guère à la maison que celles des Favorite dont le péché mignon était de jouer, malgré la clarinette de Jeanne, les premières œuvres de Haendel, les sonnets pour hautbois. C'est de là que tout est parti. Dorothée alors regarda son fils avec les yeux de Jeanne.

— Elle lui voulait du bien, dit Hélène. Ta femme est épatante.

— Oui, elle nous a toujours vus, Charles et moi, plus beaux que nous ne sommes, plus capables, et le monde à nos pieds.

Derrière eux, la foule acclamait le taureau dont l'attelage pomponné emportait la dépouille dans un tour d'honneur. Les trompettes de la présidence appelaient déjà la prochaine victime. Hélène et Victor se levèrent pour la voir entrer dans un silence de temple, hésiter et charger la lumière.

— Haendel, dit Victor, Dorothée y voit une corrida de vingt Jupiters. Une sainte aveugle dans un tourbillon de cornes.

— Elle n'est pas un peu baroque?

— Comme tous ceux qui nous aiment, dit Victor. Tu verras, c'est une singulière aventure.

— Je ne suis pas pressée, dit Hélène.

Bonneteau, Rodolphe et Andersen applaudissaient à côté d'eux. La foule quittait la cuve gigantesque, par nappes lentes, en coulées d'huile. Ils descendirent dans les derniers. La piste était déjà ratissée. Un valet à ceinture rouge refermait derrière lui la porte du toril. L'ombre gravissait les plus hauts gradins. Andersen prit les amis pour témoins et, saluant l'arène déserte, assura qu'il était venu ici même, il y a deux mille ans.

— Rien n'a changé. Autant de cris et d'odeurs de friture.

Ils traversèrent en file indienne la foule qui tournait sur place et commentait les jeux.

— Victor, murmura Hélène qui le suivait en queue de colonne, ne te retourne pas. Je veux dire, sur ton passé. Quand tu en parles, tu as l'air de vieillir, d'attraper une barbe blanche. C'est ma faute. J'aimerais aussi que tu t'habilles un peu plus jeune. Comment peux-tu supporter une cravate par cette chaleur? Rodolphe a une veste canari qu'il ne met jamais et vous avez la même taille.

Sans répondre, Victor ôta sa cravate noire et la tendit à Hélène, qui la noua sur son chemisier, puis ils atteignirent les hautes petites rues tranquilles où mouraient dignement les vieux hôtels entre des boutiques de prêt-à-porter. Des mannequins indécents prolongeaient leurs tentations dans les vitrines éteintes. Roberte et Charlotte, bras dessus bras dessous, s'étaient mises à chanter, et les hommes les accompagnèrent en battant des mains. Au fond d'une friperie de luxe, Victor aperçut Fred le timbalier, en habit de gala, un foulard blanc dans sa main de cire et de longs cils sur ses yeux de verre. Monsieur Sénevé, vous avez un fils charmant. Il a de qui tenir. On ne voit jamais Mme Sénevé? On dirait que les hommes chez vous se font entre eux.

— Victor!

Les amis avaient tourné le coin de la rue. Il les rejoignit en courant et les trouva nez en l'air à déchiffrer une plaque au-dessus d'une porte.

— Il ne pouvait naître ici qu'un auteur dramatique, commentait Andersen. Cette place est un décor de théâtre et il ne pouvait s'appeler que Tibère Tarasquin.

— Je n'en ai jamais entendu parler, dit Bonneteau.

— Il n'est jamais trop tard, assura Andersen.

— Et toi, Victor, demanda Hélène, tu connais?

— Il me semble que ma femme...

— Naturellement, dit Andersen, la mémoire est femme avant tout.

— Nous aurions pu, nous pourrions..., commença Joseph.

— ... jouer du Tibère Tarasquin, reprit Andersen. Naturellement. Il n'y a pas d'exemple d'aller en troupe sur les chemins sans y songer.

— Nous en avons si souvent parlé! soupira Charlotte.

— Il est préférable de le garder en rêve, assura Andersen. Nous ne connaîtrons ainsi que des succès. D'ailleurs, Tibère n'a écrit que des drames à grande échelle. Il a fait tenir des armées sur cette place étroite. Des corps tombent de toutes ces fenêtres. Le massacre est général et se répand dans les rues. On tue jusqu'au dernier huguenot, mais il en reste un caché tout un mois sous le faux plancher de cette maison, et ce sera l'ancêtre de Tarasquin. Nous te saluons, l'ami!

— Victor, dit Hélène, tu devrais composer en son honneur.

— Ne le secoue pas, dit Joseph. Tu vois bien qu'il y pense.

Ils reprirent la marche. Térébinthe lavait les enfants dans une bassine. Rodolphe, assis dans la camionnette à la place du mort, étudiait ses cartes d'état-major. Ils préparèrent le repas du soir et décidèrent de rouler de nuit pour avoir moins chaud.

— Je parlais de ma femme, dit Victor. Au début, elle ne connaissait que Murger, les *Scènes de la vie de bohème*. Elle n'en sortait que pour les Évangiles.

— On m'a appelé Rodolphe pour les mêmes raisons. J'avais une grand-mère folle de la bohème, dit Rodolphe.

— Puccini! s'écria Andersen. Un maillot d'athlète avec médailles, de gros mollets, une raie centrale dans les cheveux plats...

— Voulez-vous arriver pour le lever du soleil sur la mer? dit Rodolphe.

— Alors, Victor, les taureaux? demanda Térébinthe.

— Des amourettes phénoménales, coupa Bonneteau.

— Nous avons vu la maison natale de Tibère Tarasquin, dit Charlotte.

— L'auteur dramatique? demanda Rodolphe.

— Tu le connais?

— C'est dans le guide. Il a écrit une tragédie : *Les Braises sous la huguenote*.

— Je sais, je sais, dit Andersen. Les vies, je les connais toutes.

On l'applaudit.

Le commissaire Malandre, en chemise cachou et souliers jaunes, salua son reflet dans le miroir en pied du vestiaire et resserra le cordon qui lui servait de cravate. Je suis au plein de mes forces. Les femmes baissent les yeux. L'affaire Sénevé que je croyais ridicule devient la source d'un enchantement. J'ai l'impression, mon ami, que la vie prend un sens. Il empocha des cigarettes à bouts dorés qu'il avait confisquées lors d'un interrogatoire, traversa les bureaux qui sentaient le mâle, sortit de l'hôtel de police et se dirigea vers le jardin public, d'une marche légère et ferme, bandant le mollet et faisant des pointes. Il avait déjeuné légèrement, à l'eau, et l'après-midi chantait à bouche close, en vol de bourdon. Le gardien Mouchet, la jambe en équerre, sommeillait près du jet d'eau, mais son petit œil aperçut le commissaire qui époussetait d'un coup de pochette le banc qui ceinture le cèdre planté par le botaniste Dieudonné, sous Louis XV. Des pigeons roucoulent à l'intérieur. Mme Favorite arrive par la porte des rhododendrons, dont on peut voir le massif depuis le grenier des Sénevé. Le commissaire, saisi par l'élégance, lui baise la main. Les îles, les Indes, l'amour dans toute sa roue! Jeanne, parfumée d'un benjoin rapporté de Bali, déplaçait d'un seul souffle le jardin de Mouchet et l'installait de l'autre côté de la terre.

— Vous m'attendiez? dit-elle.

— C'est un supplice que l'on redemanderait, dit Malandre.

— Je vous remercie de m'avoir convoquée dans ce paradis, commissaire.

— C'est le seul lieu qui vous convienne. Pourrions-nous parler à cœur ouvert dans mon bureau lamentable?

— Quand on songe, reprit Jeanne, que le maire, cet alcoolique traqueur de verdure, veut faire de ce jardin un parc de stationnement, le raser pour y loger de la ferraille!

— Certes, mais le conseil s'est élevé contre un tel attentat. On a proposé pour le sauver d'en faire un parc pour les drogués, une sorte de ghetto verdoyant. Cela nous simplifierait les choses. Nous les aurions sous la main.

— Mon Dieu, murmura Jeanne. Vous mettez le doigt sur mon dernier cauchemar. J'ai rêvé que l'affaire Sénevé relevait de la drogue. Victor faisait le trafic. Charles l'a surpris. Le père pour tenir le fils l'amène à se piquer. Quel démon peut me donner de pareilles idées? J'en suis honteuse, et de vous le rapporter.

— C'est une piste intéressante, dit Malandre. Rien n'est à négliger.

Ils regardèrent le jet d'eau qui se renouvelait dans le soleil et lavait les mauvaises pensées.

— J'ai voulu vous voir..., dit le commissaire.

— Et m'apporter des nouvelles?

— Non, simplement vous voir.

Le gardien s'était levé pour venir les saluer, comme il le faisait pour tout visiteur du jardin. On était chez lui. Il fallait que l'on se sentît bien, et l'hôte le plus attendu. Il arrivait comme en se retenant.

— On ne peut pas être tranquille! murmura Jeanne.

— Ne craignez rien, dit le commissaire en lui effleurant le genou. Eussions-nous fait une inconvenance, Mouchet ne la rapporterait qu'à moi. C'est un de mes informateurs.

— Mouchet, un indic?

— Nous devrions tous l'être, dit en souriant le commissaire, et nous le sommes à peu près tous. La délation est le premier devoir d'un républicain. Les bons auteurs vous le diront. C'est aussi le premier article de la tyrannie. Soyez à l'aise.

Mouchet s'inclina devant eux et, d'un coup de canne, enveloppa le ciel et la cime du cèdre. Les pigeons allèrent déguster un peu plus loin leurs suffisants glouglous.

— C'est un temps de bonheur, n'est-ce pas?

— Oui, dit Jeanne d'une voix d'enfant surprise.

— Voulez-vous que je vous prépare un peu de thé? Si, si, faites-moi plaisir. Mettons dans un quart d'heure? Je donnerai deux petits coups de cloche. Finissez vos petites affaires. Enfin, je dis petites... Toujours cette histoire de Grand Théâtre?

— Plus que jamais, dit Malandre.

Mouchet regagna son corps de garde, et le commissaire se mit à cheval sur le banc pour mieux goûter, en camarade, le profil de Jeanne.

— Je ne connais pas d'homme plus laid, dit-elle.

— Et pourtant, reprit le commissaire, il a séduit jadis une femme dont je tairai le nom, la plus belle créature! Elle m'a même avoué qu'elle en était folle parce qu'il rendait tout beau à côté de lui. Je m'en détourne, répétait-elle, et je tombe sur la grâce!

— Et qu'est-elle devenue?

— Son mari a changé de poste. Elle l'a suivi. C'était notre ancien préfet.

— Judith Esclancier?!

— Elle-même.

— Incroyable! Je n'aurais jamais supposé... Je ne sais jamais rien!

— Mais maintenant je suis là, dit-il.

D'un court et lourd envol, les pigeons étaient revenus se poser auprès d'eux.

— La belle Judith! reprit Jeanne. Dans les bras de cet infirme!

— Elle avait aussi l'âme historique, reprit Malandre. Elle écoutait pendant des heures le récit de ses campagnes, sa solitude devant l'armée allemande, sa blessure héroïque. Le préfet qui avait été réformé la laissait sur sa faim. Comment va M. Favorite?

— Il ne m'apprend rien, dit-elle.

— Jamais une fausse note? Toujours dans le ton? Je l'envie, dit Malandre, moi qui suis plongé dans les désordres.

— Racontez-moi, dit Jeanne.

— Il y aurait de quoi remplir une vie. Je ne voudrais pas m'imposer.

Il lui prit doucement la main. Les pigeons dans le cèdre fientaient comme on bâille.

— Haendel, dit Jeanne, n'a jamais mis de pigeons dans son œuvre.

— Pardon ?

— C'est une parenthèse, commissaire.

— Je les aime. Croyez-vous donc que cet après-midi n'en soit pas une, et la plus divine ? Je voulais vous entretenir de l'enquête sur les Sénevé, et les mots s'enfuient !

— Croyez-vous qu'un jour on les retrouvera ?

— Laissons les mots vivre leur vie ! Je vous regarde et cela me comble.

— Je parle de Charles et Victor Sénevé.

— Si nous vivions dans une saine république, nous saurions déjà où ils se terrent. Hélas !

Jeanne posa sa main libre sur celle du commissaire.

— Je commence à m'inquiéter, dit-elle. Même leurs photographies que l'on voyait partout ont disparu. On dirait que les gens ne tiennent pas à avoir de mémoire !

— Pour que tout soit toujours neuf, mon amie !

La chaleur s'installait. Des enfants sur le gazon arrachaient avec minutie les ailes d'une libellule. En perpétuelle défaillance, le jet d'eau accablé maintenait sa fraîcheur difficile. L'ombre elle-même était pleine d'adjectifs, tiède, lasse, transparente, un peu mondaine.

— Oublions tout, dit le commissaire. Nous sommes là, et rien d'autre. Vous soupirez?

— D'aise, dit-elle. Je me sens en sûreté près de vous. C'est si nouveau pour moi. Comment faites-vous?

— Une longue pratique de la nature humaine, dit-il avec simplicité.

La cloche de Mouchet mit quelques points de suspension dans l'air.

— Le thé nous attend? dit Jeanne. Ne me prenez pas le bras tout de suite!

Et ils se dirigèrent vers la maison du garde.

— Vous le buvez souvent chez lui?

— Cela m'arrive. J'y ai résolu bien des problèmes. Il y a des lieux favorables. A chacun le sien. Quel est le vôtre?

La chambre de Charles apparut, avec son silence de fleurs séchées, les estampes au-dessus du lit qui représentent, dignes et l'œil lointain sous leurs perruques, Mozart, Bach et Haendel.

— Judith Esclancier venait donc ici? dit Jeanne.

— Avec à chaque fois un thé différent. Mouchet en possédait plus de sortes que l'épicerie la plus fine. Il en a moins maintenant, mais il a gardé ce goût, par reconnaissance. Il y a dans tout homme un tabernacle. J'en ai découvert au plus secret des criminels.

— Soyez les bienvenus! Encore un tour pour la Reine! dit Mouchet en agitant délicatement la théière.

— Mais vous avez même des biscuits, des madeleines! Ma passion! s'écria Jeanne.

— Il faut tout prévoir, dit le commissaire. Merci, Mouchet. Vous ne prenez pas une tasse avec nous ?

— Il y a toujours à faire dans le jardin, vous me pardonnerez !

Le commissaire lui rendit son clin d'œil tandis que Jeanne versait le liquide ambré, comme si elle avait été là depuis toujours, avec les deux chaises en paille, l'âtre minuscule orné de douilles d'obus, l'évier de pierre où goutte le robinet, le flot de rubans fanés et le haut peigne cloués ensemble au mur, et cet étroit lit de camp. Les feuilles au carreau de la petite fenêtre, on aurait dit des masques attentifs, trop curieux. Jeanne alla tirer le rideau de poupée et se retourna, pâle et déjà dans l'au-delà. Malandre était debout et l'attendait, une madeleine à la main. Ce fut comme si rien n'avait eu lieu, et Jeanne, tournant la tête, vit que la serrure n'était pas fermée. Elle se leva d'un bond et tourna la clé.

— Tu es telle que je l'imaginais, dit le commissaire. La précision d'un dossier sans mystère. Je te bénis.

— Charles m'a dit la même chose.

Elle revint s'allonger. Il faisait bon dans la ruine. Le plafond de bois avait le galbe et la teinte d'un violon.

— Tu sais, dit Jeanne, je ne fais jamais cela. C'est la mère de Charles qui me croit ainsi.

— Mais tu es naturelle.

— Tu es venu ici avec Judith ? Plusieurs fois ? Et avec d'autres ?

Elle disait cela avec une certaine admiration, et le commissaire, les mains sous la tête, posa une jambe au travers de Jeanne, sans répondre. Il regardait sa montre, posée sur une chaise. Mouchet ne viendrait pas avant un bon quart d'heure.

— As-tu connu le père Sénevé?
— Pas comme tu l'entends.
— Bien.
— C'était un homme dont on ne peut rien dire.
— Il y en a beaucoup.
— Je ne sais même pas s'il vivait pour sa flûte. Un virtuose, oui. Il en vivait, sans plus. Quelques leçons et l'orchestre.
— Groseillier l'appréciait. Il m'a rappelé qu'un jour de grève, le vieux Sénevé a été le seul à se présenter au Grand Théâtre. Peut-être a-t-il passé pour un jaune aux yeux de ses collègues. Il a fait un éclat sans le vouloir et il a vite recherché l'ombre pour laquelle il était fait. Est-ce que son fils lui ressemble?
— Oui, dit Jeanne.

Le commissaire se redressa.

— Alors, que lui trouvais-tu?
— Le même amour que moi pour Haendel.
— J'ai poussé bien des enquêtes, soupira le commissaire. Les seules à ne pas aboutir ont toujours eu trait au milieu artistique. Quelle race dévoyée! Je voudrais qu'on m'explique une bonne fois ce que c'est que Haendel.
— L'éclatant! s'écria Mme Favorite. D'un seul vol à ventre argenté, des myriades d'oiseaux, depuis le premier oiseau, viennent chanter le *Te Deum* sur l'arbre unique et qui pourtant se dresse dans le moindre jardin, et dont l'ombre exulte! Et sa voix

demande au Tout-Puissant de combler chacun de prospérités.

— Est-ce l'amour qui vous fait vibrer? demanda le commissaire que gagnait l'enthousiasme. Serais-je un peu responsable de cette joie? Vous êtes la plus réussie des partenaires! Aussi loin que je remonte dans la forêt de mes aventures, vous êtes la seule clairière.

Un je-ne-sais-quoi de saint les enveloppait, et Jeanne ne reconnaissait plus Malandre dont la fine moustache aggravait la nudité, seul au milieu de cette clairière dont il parlait et qui offrait ses paumes aux rayons de la grâce. Mouchet frappait à la porte et demandait s'il pouvait entrer.

— Habille-toi, murmura Jeanne en se vêtant. Il ne faut pas qu'il se doute de quelque chose.

— J'arrive! cria Malandre comme s'il se trouvait au fond d'un interminable appartement.

— Je vais couper le jet d'eau, dit le gardien. Achevez en paix votre entretien.

Jeanne donna quelques tapes au lit, la brave bête, et, tirant le rideau, elle vit s'écrouler sur le gazon le cône étincelant.

— Naturellement, dit Jeanne, il n'y avait aucun pigeon parmi ces oiseaux, mais une grange de colibris, d'hirondelles, de mésanges, chacun à son étage ornant l'escadre des flamants roses dans le sillage des aigles.

Mouchet les retrouva de chaque côté de la table devant leurs tasses vides.

— Voulez-vous une nouvelle théière, j'ai le temps. C'est mon heure culturelle. Permettez?

Il alluma la radio chuintante, que Mme Favorite dut régler. Un débat religieux s'achevait. Le meneur rappelait à l'ordre ses invités, jésuite, pasteur, imam, bonze et rabbin qui parlaient tous ensemble, à qui étoufferait l'autre. « Mes amis, mes amis, restons audibles! Voilà, c'est bien. Il nous reste trente secondes pour parler de Dieu! A qui la parole? »

Jeanne, le commissaire et le gardien retenaient leur souffle, mais dans le silence qui s'installait on entendit trois top. Était-ce le cœur de l'infini? Non. Le programme déroula immédiatement d'autres fastes. Une publicité vanta l'idéal désodorisant et fit place à l'anthologie des crimes.

— Votre thé est inoubliable, dit Mme Favorite en prenant congé. Vous tenez sans nul doute le dernier salon de la ville. Ce peigne et ces rubans sont bien émouvants.

— Un souvenir de ma mère, dit le garde.

Le commissaire accompagna Jeanne jusqu'à la grille, où l'affiche annonçait le spectacle de la rentrée prochaine à l'opéra : *Néfertiti*.

— Elle nous donne beaucoup de mal, dit Mme Favorite. C'est une musique nouvelle. Aléatoire. Nous avons un nouveau Volatile.

— C'est-à-dire?

— Le chef d'orchestre. L'ancien prend une année sabbatique.

— C'est donc ça? dit lentement Malandre.

— Mais quoi?

— Figurez-vous qu'il m'a demandé un entretien. Je l'ai reçu. C'est donc ça?

— Si c'est un secret, ne dites rien, vous me l'ouvrirez plus tard.

— Il est venu me demander si Mme Sénevé était bien morte, où et quand. Il pense que c'est la clé de l'énigme. Il m'a même dit qu'en plein *Sémiramis*, en plein *Nabuchodonosor*, il arrivait que sa pensée le traversât.

— Je le voyais maigrir, dit Jeanne. Cette année de repos va le remplumer.

— Je ne crois pas, dit le commissaire. Il a une idée sur les Sénevé, et rien ne ronge comme une idée. Je lui ai demandé de me tenir au courant. Sans les bénévoles, comment tiendrais-je?

— Oui, et vous me direz! Prenons une tasse de thé de temps en temps, dit Jeanne. Mon pauvre Charles!

Elle s'en alla, son sac à l'épaule. Le poids de Malandre sur elle se faisait encore sentir et ralentissait sa marche. La boutique de Marc-Antoine Deuil père et fils lui serra de nouveau le cœur. Sous un bouquet de monnaies du pape qui datait d'une indéfinissable année, les verres à liqueur des Sénevé gravés de la lyre, sortis de leur écrin et disposés en cercle sur un velours rouge, formaient un orchestre de chambre au centre de la vitrine. Un air de tristesse et de reproche en sortait. Combien en demandent les Deuil? Est-ce que le souvenir a un prix? Jeanne regarda ce qu'elle avait d'argent dans son sac et faillit entrer chez l'antiquaire. Elle ôta sa main du bec-de-cane et laissa se résorber une bouffée de chaleur. Elle retrouva son mari en variations sur l'ouverture de *Néfertiti*.

— Je me demande où nous allons, dit-il.
— Les Sénevé sont au départ du Volatile, dit Jeanne. Je viens d'avoir un entretien avec la police. Sais-tu quelle position elle prend ?
— La moins fatigante, sûrement.
— Tu n'as l'air de rien, et tu sais tout !

Elle lui aurait pris les lèvres, mais elle se contenta de lui donner un baiser sur la joue pour qu'il n'eût point d'étonnement.

Charles laissait pousser de petites fugues, autant de blasons diversement colorés, sur les branches de la grande fugue. Le placard près du vieux port lui restait pour une semaine. Il prit un car qui faisait la côte et des détours dans l'intérieur pour descendre dans un bourg montueux taillé à l'emporte-pièce mais qu'adoucissent des tamaris. Il avait repris son vieux costume et portait la veste trop chaude sur le bras. Sous un obélisque qui lui plie l'échine, le lion de pierre d'une fontaine crache une eau qui donne l'idée de l'éternité. Charles se contorsionna pour recevoir le jet en pleine bouche. Il avait envie d'en boire à l'infini. Les sons d'une fanfare l'attirèrent vers la rue principale qui monte de la fontaine à l'olivier millénaire tordu sur la haute place et qu'enserrent des maisons à arcades. Étonné de ne pas entendre galoubets et tambourins, mais cuivres et tambours, son âme se décala.

– On fête la rosière, dit une vieille qui venait remplir sa bouteille. Je l'ai été autrefois. Je le suis restée. C'est le seul jour qui compte dans ma vie. Si les filles avaient un peu de tête, elles feraient comme moi. Pourtant, quand je parle, elles sont bien de mon avis, mais il faut qu'elles partagent l'oreiller! Vous n'êtes pas d'ici? Oh, ça doit bien être la même chose chez vous! Vous venez peut-être pour elle? Laissez-la tranquille, mon bon ami! Et vous-même, conservez-vous!

Elle rentra chez elle et ferma la porte. La lumière tombait à pic. Les fenêtres alentour étaient closes et personne n'apparaissait à celles de la rue, sombres sur les murs de craie. Entre ces hauts échiquiers sans pièces, le cortège de fête descendait. Un cabriolet jaune ouvrait la marche, qu'un homme à canotier pilotait en parlant dans un porte-voix :

— Les établissements Carbucci ont l'honneur et le plaisir de vous inviter à leur grande braderie, samedi en huit, et d'annoncer aujourd'hui la participation de leurs majorettes!

Charles s'avança dans la montée. Il était seul. « Nous entrerons dans la carrière quand nos aînés n'y seront plus. » Quatre tambours, six clairons, deux trombones et douze filles à shako qui tricotaient des baguettes précédaient une seconde voiture découverte. La rosière s'y tenait debout, blanche en dentelle, à côté de sa mère en cretonne noire. Personne en vue, personne pour l'acclamer!

— Vive la rosière! cria Charles.

Il lui sembla qu'elle avait quinze ans. Trois pelés et quatre tondus fermaient la marche et ressemblaient à des soldats au fort de la retraite, le pied lourd et la main désarmée. Le défilé atteignit la fontaine, tourna et reprit la montée. Aucune fenêtre ne s'ouvrait. Charles, assis sur une marche, trouva cette fois que la rosière, dans le contre-jour, pouvait bien avoir une trentaine d'années. Le gaz d'échappement des deux voitures restait au ras du sol. Charles se leva pour respirer. Il croyait la cérémonie terminée quand, après avoir fait le tour de l'olivier, il vit que le cortège redescendait, du même pas, du même éclatement des cuivres, dans l'enterrement terrible des tambours. La rosière sans regard passait encore devant lui, immobile, sévère. Elle faisait quarante ans, peut-être plus. Du noir de sa première nuit, la mère avait des yeux magnifiques. La musique et les pas se perdirent enfin. Le bourg se décomposait dans le soleil. Charles vacillait. Le mieux c'était d'oublier, d'aller caresser l'olivier d'une force de pierre, de s'asseoir à son ombre, si criblée qu'elle donne un bruit de gravier.

Il sortit sa flûte et l'air lui vint, rauque, du temps qui avait vu planter l'arbre, une improvisation de chevrier, le vent dans les masques de bronze pendus aux portes pour se concilier le ciel. Charles avait posé sa veste à terre. Des gens parurent enfin et y jetèrent quelques pièces, comme s'il était vrai, lui, et le seul envoyé par l'au-delà. La reconnaissance, en médailles tragiques, accrochait des sanglots au chant qui l'avait saisi. Quand la fatigue l'arrêta, il se dirigea vers la campagne et il s'endormit près d'un ruisseau à sec. Le dessous de la chaleur avait le collant des limaces.

Après un rêve qu'il n'avait qu'à suivre, assis

dans une salle obscure, dont il ne resterait que des images floues, Charles retrouva le roman de sa vie, les chapitres à dessiner, les phrases à construire, les mots à choisir, ne laissant au hasard que la grâce possible d'une couleur, d'un son inattendu. Il décida de reprendre le car en évitant le bourg. Les collines bouclées ras dont on sentait les os broutaient l'horizon. Des chemins tournaient à l'appel des clarines. Il tomba sur une bergerie qu'il crut abandonnée, sans porte et le toit ivre, mais il aperçut un tandem couché sur un tas de bois. Il fit le tour et tomba dans l'ombre sur un homme jeune et de grande beauté qui lisait du Faulkner à sa compagne près d'un enclos à lapins.

— J'étais architecte, dit l'inconnu. Je ne pouvais plus respirer. Si vous avez soif, le puits est à l'angle nord. Ne laissez pas le seau sur la margelle. Nous avons peu de visites. Nous n'en souhaitons pas, mais vous êtes ici chez vous. Lili, fais-nous du café. Vous n'avez rien contre le lapin?

Il alla en chercher un, qu'il étira pour le tuer d'un coup de poing.

— Nous le ferons sur la braise, cette nuit.

— Alors, vous êtes flûtiste? dit Lili. Nous en avons vu un, il n'y a pas longtemps.

— Comment était-il? demanda Charles.

— Comme vous, mais en famille, avec une camionnette où ils avaient peint la mer, le soleil et les étoiles. Ils n'ont passé que deux nuits. Les femmes faisaient des colliers, des bourses en cuir, des paniers.

— L'un d'eux a gagné ma montre au bonneteau,

mais les fripons sont envoyés par le destin, dit l'architecte. Je ne savais comment m'en débarrasser. Je ne voulais ni la vendre, ni l'écraser d'un coup de talon.

— Le vieux à barbe grise nous a joué tout un soir des berceuses hongroises et tchèques. Je lui ai demandé autre chose, mais il n'avait pas l'air de comprendre.

— Je peux le remplacer peut-être, dit Charles. Qu'auriez-vous désiré qu'il vous jouât?

— Lili n'aime que Haendel, dit l'architecte. Il a fini par devenir mon préféré, mais peut-être ne le connaissez-vous pas?

— Ai-je une tête à l'ignorer? demanda Charles.

— Sincèrement oui, dit l'architecte. J'imagine mal que l'on puisse le servir avec une folle barbe noire et des vêtements qui touchent à leur fin. Ne me croyez pas sans charité, monsieur. Je le répète, notre toit vous abrite, mais vous comprenez que l'on ne puisse admettre pour son dieu des serviteurs en lambeaux. C'est la raison d'ailleurs qui m'a fait fuir Paris. Je ne pouvais plus voir cette reine au milieu des clapiers, sans compter la vermine des clapiers à roues.

— Ne sois pas si dur, dit Lili, si intransigeant! Puisque nous avons trouvé le bonheur, ne te retourne pas. Laisse sa barbe à l'envoyé du ciel.

— Exact, dit l'architecte, les dieux prennent parfois des formes effrayantes.

— Je vous remercie, dit Charles, mais il faut que je regagne la route de Marseille. Est-ce par là?

— Vous me voyez très heureux, dit l'architecte en

le prenant dans ses bras. Je vois que vous vous rebiffez, que vous avez encore une âme! Vous êtes digne de Haendel. Vous aussi, dans la suite des serviteurs plus chamarrés que des rois, à gros mollets et perruques blanches, vous pouvez apporter, par le travers des galeries de miroirs où brûlent des buissons de cierges, les gibiers truffés dans l'arc-en-ciel de leurs plumes. Lili, passons à table, et vous, cher hôte, jouez, je vous en prie. N'oubliez pas sur les longs gilets d'apparat la double rangée de boutons en pierre de lune, gravés de têtes de cerfs.

— Je vous demande pardon de réduire ce qui ne peut l'être, dit Charles, de loger Hanovre et Londres dans une coquille d'œuf, de réduire ces souffles gigantesques à celui si léger de ce tube...

— Le vieil homme gris avait le même, dit Lili. Il s'était installé sur le toit de la camionnette et nous étions à terre, les yeux levés vers lui.

— Ne trouble pas notre ami, dit l'architecte. Donnez-nous simplement quelque idée de *Deborah* (1733), d'*Alexander Balus* (1747), de *Jephté* (1751), mais foin d'étalage! Nous garderons le reste pour l'avenir. L'admiration doit rester pudique.

— Le vieil homme a commencé l'*Ode à sainte Cécile,* dit Lili, et la jeune fille de la troupe, longtemps après qu'il eut cessé, garda les paupières baissées. Je la croyais devenue aveugle.

— Car Haendel est aussi la fresque étoilée qui se déroule au revers de nos yeux, ajouta l'architecte. Ô transhumance nocturne! Allez, monsieur!

Tandis qu'arrivaient le bouc, ses chèvres, le chien et que se taisaient bois et sonnailles, le soir charmé emprunta le froissement des robes de soie que les femmes ramènent sur leurs jambes à l'apparition du ténor, et Charles entendait le grésillement du lapin qu'avait embroché Lili, le lapin, régal et seule gourmandise de maman Sénevé.

Sur cent mètres, la camionnette traversa un nuage de moustiques. Le pare-brise s'était couvert d'une purée sombre. Joseph dut s'arrêter. Une roue de plus et c'était le fossé, la roubine. Rodolphe et Bonneteau mirent pied à terre pour faire le nettoyage. Le soleil venait de se coucher, mais la lumière en chiffon faisait encore briller les étains de l'eau sur l'immense table camarguaise où des oiseaux à perte de vue laissaient traîner des miettes et les groupaient en tas. Andersen proposa d'attendre que la lune qui n'avait qu'une corne, fine et basse à l'horizon, éventrât la nuit pour en répandre les étoiles. Il se sentait au début du monde et montrait du doigt, au-delà des étangs, l'ombre qui prenait la forme d'un taureau, massive de face et qui s'effilait, les flancs tachés d'un brun vert. Comme les enfants de Térébinthe voulaient voir, il les prit dans ses bras.

— Ça bouge, dirent les petits.
— A cause des moustiques.
— Térébinthe, dit Rodolphe, la bouteille de

citronnelle! Joseph, prends la première levée de gauche. La plage est là. Enfin, la mer!

Ils se frictionnèrent le visage, les bras, les chevilles et remontèrent en voiture. Ils tournaient, revenaient à un point déjà vu, mais toutes les vues se ressemblaient et l'on entendait le même silence dès que Joseph arrêtait le moteur, avec parfois de minuscules liquides bruits de lèvres qui gouttent et se décollent, le claquement d'une aile, d'un bec, qui reprenait plus loin, comme s'il ricochait. Ils longèrent une haie de roseaux, et surgit un plan d'eau sans ride et sans fin bordé d'un liséré noir.

— Plus rien ne bouge, dit Charlotte.

— Le début ressemble à la fin, murmura Andersen en prenant la voix des prophètes, feutrée parce qu'ils ont peur de ce qu'ils annoncent. Quand la mer ressemblera à ça, il n'y aura même plus un œuf de moustique sur la planète et nous serons nous-mêmes retournés je ne sais où, mais c'est quand même très beau, l'éternité tombée là, bien à plat. Les noirs taureaux posés sur des champs d'oiseaux pâles!

— Silence! dit Rodolphe qui consultait sa boussole et sa carte. Demi-tour!

Des essaims tourbillonnaient dans la lumière des phares.

— On repart de zéro, reprit Andersen. Je n'ai jamais ressenti cela aussi fort qu'ici.

Ils finirent par longer des tas de sel, un mur de sel, une montagne de sel, et l'odeur dense qui les avait accompagnés perdit de sa tannerie, de sa faisanderie d'herbe. Un dernier coup d'étrier laissa la route étroite dans un jet de cailloux, et ce fut le sable, immense, devant les flots. Des voitures en veilleuse tournaient au loin. Des lampes coloniales posaient de basses lueurs bleues du côté de la terre, où l'on distinguait une suite de paillotes, de cubes de tôle, de carcasses d'où sortaient des rythmes et des rires. Des fumées rondes câlinaient le ciel dont la lumière du large soulevait les dessous. La camionnette roulait sans bruit sur le sable humide, vitres baissées dans la nuit chaude. Apparemment, du côté de la mer, une ligne de caravanes et de tentes, campement de fortune à quoi répondait sur l'autre bord du sable, le long du contrefort de joncs, une enfilade de buvettes à quinquets et de rôtisseries bon enfant qui allaient se perdre jusqu'au bout de la nuit. Les cuisiniers nus comme des vers retournaient des saucisses sur les grils. Joseph prit dans ses phares un homme et une femme, leur nature à l'air et croquant des merguez. D'autres paires d'Adam et Ève allaient et venaient, suivis d'Abel et Caïn qui se battaient à coups de joncs.

— Roule doucement, dit Rodolphe saisi par la nonchalance des nudistes.

Une enfant de cinq ans apparut dans la lumière jaune. Sans doute voulait-elle rentrer et faire céder son père en le tirant à reculons et des deux mains par la verge. La mère les suivait en roulés-boulés.

— Cette petite, remarqua Andersen, n'aura aucun complexe.

Ils se garèrent au fond de la plage entre deux tentes sur lesquelles flottait un drapeau belge. On dormait déjà. La mer aussi, d'un souffle égal. Au matin, un homme nu, sacoche à l'épaule, vint prélever un droit de séjour pour la voiture et demanda aux amis s'ils étaient des habitués. Il n'y avait qu'une règle à observer, l'absence de tout vêtement. Seul un chapeau de paille pouvait être toléré. Le premier qui sortit fut Andersen. Il paraissait content de lui. Joseph, Rodolphe et Bonneteau se mirent en rang d'oignons pour accueillir Victor que sa barbe gênait. La dernière à paraître fut Hélène qui courut aussitôt vers la mer. Ils la suivirent. Térébinthe portait Marie. Leurs têtes seules hors de l'eau, ils regardaient la plage immense où des jeux de ballon s'organisaient. On entendait une guitare du côté des buvettes, et déjà passaient de légers effluves de friture et de café, qui ne se mariaient pas mais restaient à distance, comme les regards des amis. Térébinthe déchiffrait sur un calicot que le vent gonflait du côté des marais : « Lait de longue durée ». Ils sortirent de l'eau pour aller déjeuner. Hélène et Victor s'arrêtèrent face à face, mais il n'y avait pas de serpent entre eux. Victor ne s'était jamais senti plus discret.

— Excuse-moi, dit-il comme elle l'assurait qu'elle le trouvait très bien.

Ils eurent un fou rire et rattrapèrent la troupe. Des familles plus nues que de raison se croisaient avec gravité sur le boulevard de sable. Un ambulant vendait ses poireaux en serviette sur un avant-bras et tournait en fronde son porte-monnaie. Une rangée de fesses faisait la queue pour des beignets qu'un Annamite aussi fragile qu'une demoiselle sortait de la friture, les cils en papillons. Des garçons couverts de poils dressaient les tables au restaurant des *Bambous*.

— Je trouve les hommes assez usés, dit Bonneteau, en tout cas bien sages.

— C'est rassurant, souligna Victor.

Mais, comme ils regagnaient la voiture, ils aperçurent un solitaire qui marchait sur la crête des dunes, les mains croisées dans le dos, et qui semblait suivre son propre triomphe.

— Pas mal, dit Charlotte.

— Ne sois pas vulgaire, dit Térébinthe. Tu ne vois pas qu'il souffre?

Des voitures, des remorques stationnaient à l'infini.

— A midi, nous irons aux *Bambous* vendre nos produits, déclara Joseph. Victor, tu mettras tes lunettes noires et tu passeras avec ta flûte entre les tables. Hélène te guidera.

— Rien dans les mains, rien dans les poches, assura Bonneteau, mais le cœur sur la main, espérons-le!

Ils restèrent là plusieurs jours, d'une vie frugale, car ils vivaient sur l'habitant. La mer et l'absence de linge les endormaient. Rodolphe avait tendu une toile sur des piquets, et l'ombre était en pans de bois, Victor flûtait avec nonchalance.

— Je n'ai jamais vu de nudités chez Haendel, assura Andersen.

Hélène se demandait comment était faite Mme Sénevé. Elle la voyait sèche et d'un silence qui n'en finissait pas.

— Victor, dit-elle, je crois comprendre pourquoi tu es parti. Hein ?

— Je ne le sais pas, dit-il. J'étais heureux, je ne pensais à rien.

Elle regardait les voiles qui se croisaient sur la mer.

— Le vent s'est levé, un beau jour.

— Laisse Victor tranquille ! dit Térébinthe, avec tes questions !

— Les questions, c'est la jeunesse, dit Victor. C'est très plaisant.

Hélène l'entraîna vers l'eau, pour le dixième bain de la journée.

— Je ne voudrais plus en sortir, dit-elle. Je pense à l'architecte et à Lili. Nous devrions nous arrêter, avoir des lapins et des chèvres. Si nous laissions les autres ? Ils comprendraient, tu sais.

Elle se leva comme la tentation, les seins hors de l'eau.

— Je dois continuer, dit Victor.

— On dirait que tu n'es pas ton maître ?

Térébinthe les attendait sur le bord, avec les petits sous des chapeaux en journal.

— Joseph a décidé de partir, les fonds sont à sec. Rodolphe compte beaucoup sur Marseille.

Ils allèrent acheter quelques bouteilles d'eau près des *Bambous*, où cinquante nudistes écoutaient la radio. On annonçait que la température était historique sur l'Hexagone et que l'on pouvait la déclarer l'un des faits du siècle. En repassant devant le grilleur de merguez, ils entendirent un autre bulletin d'informations. Le mariage du siècle avait eu lieu ce matin.

— Qui ça? demanda Hélène.
— Des princes, dit le cuisinier dont le menu sexe drainait la sueur et la faisait couler sur le sable, entre ses pieds. On n'a pas tous les jours une journée historique. Pour qui les bien dorées? Pour la petite demoiselle!

Il les lui tendait.
— Nous en prendrons ce soir, dit Victor.
— Alors, après le débat télévisé. Moi, la politique avant tout. J'écoute le nombre de fois qu'ils prononcent le mot France, le mot liberté, et je fais mon loto. J'ai gagné de quoi meubler ma roulotte qui s'appelle Fanny.

Il tourna vers elle avec orgueil sa longue fourchette. Hélène et Victor regardaient l'antenne au-dessus de la caravane-résidence, derrière le bac de braise. La portière ouverte laissait voir des rideaux bleu, blanc, rouge et une poupée en robe de mariée.

En fin de journée, ils arrivèrent à Marseille, tournèrent en rond, se trouvèrent coincés dans des embarras de voitures et rejetés vers la périphérie dans le jaune hépatique d'une zone pavillonnaire, ils finirent par garer leur engin sur l'aire cimentée d'un magasin à grande surface qui venait de fermer. Un fourgon blindé accompagné de motards les frôla. Des vigiles en armes l'attendaient avec des sacs, derrière des vitres où des inscriptions au blanc d'Espagne clamaient en lettres énormes : « Les affaires se font ici. » Quelques voitures embuées stationnaient, tristes et le front bas, laissant bouger dans leur ventre, lentement, des couples indécis comme des fœtus noués.

— L'eau manque, dit Hélène, et il n'y a pas d'arbres.

C'était la première fois que Victor l'entendait grogner.

— Demain, dit Joseph, nous trouverons une place sur la corniche.

— C'est toujours demain, dit Hélène.

— A peine une nuit, dit Victor.

— Ah, toi! Te voilà comme les autres, à présent?

Victor n'en revenait pas. Une flamme inconnue déformait le regard et le visage si doux pour lequel il était resté avec les autres. Il le découvrait tout à coup.

— Ne réveillez pas les enfants, dit Térébinthe.

— L'enfer, dit à voix basse Andersen, est quadrillé comme ce parking, béton, goudron, coron. Je vois mal Victor y poser du Haendel.

— Pourquoi? dit Hélène d'un ton nerveux.

— Je n'ai pas envie, dit Victor soudain mal à l'aise.

C'est vrai cela, Joseph est un bœuf, taciturne et penché sur sa force! Bonneteau un écureuil, l'œil, le doigt, le nez toujours en alerte! Rodolphe une fourmi, une colonne de fourmis soudées! Andersen une pie qui se prend pour un rossignol! Quelle bête suis-je devenu dans cette compagnie? Térébinthe a l'assurance fatale d'une vache au pré! Roberte l'inquiétude d'une poule d'eau! Charlotte la frivolité d'un oiseau des îles! Il regardait Hélène dans les yeux. On y lisait moins que dans ceux d'un chat. Rappelle-toi que l'oncle Armand qui aimait tellement les chats est mort d'un coup de griffe de son préféré. C'était un organiste, ami de César Franck, père du beau-frère de la tante de maman Sénevé, ma chère femme impossible.

— Tu ricanes ou tu boudes, ou les deux? demanda Hélène. On ne sait jamais finalement si tu penses ou si tu rêves, ou les deux? Si tu suis ou si tu es ailleurs, ou les deux?

— Quelle mouche te pique? demanda Térébinthe. Victor, tu devrais te montrer!

— A mon avis, c'est la chaleur, dit Bonneteau. Il faudrait un coup de vent.

On ne sait presque rien de l'oncle Armand. Il est mort empoisonné par la griffe de son chat préféré, après d'atroces souffrances. Le beau-frère de la tante de ma femme rappelait qu'il était devenu jaune, puis gris, enfin noir avec un léger éclaircissement, après le dernier soupir. Il était titulaire du grand orgue de Saint-Éloi-en-Marquenterre. Il paraît que j'ai des traits de lui, l'ordre, une certaine pudeur dans l'improvisation.

— Victor, dit Joseph, ne fais pas attention à cette saute d'humeur d'Hélène. C'est peut-être qu'enfin la femme a mûri en elle. Depuis ton arrivée parmi nous, il est évident qu'elle a changé.

— En effet, ajouta Andersen, tu lui as apporté pas mal de rêves. Haendel a fait son entrée sur ses terres jusqu'alors en friche et couvertes des broussailles du rock. N'est-ce pas, Hélène?

— J'aime Victor, dit-elle, mais parfois il m'énerve. Il ne fait attention qu'à lui.

Victor tomba des nues. Que voulait-elle de plus? N'était-on pas bien comme ça, tranquilles, la main dans la main, les jours souples comme des chats?

— En tout cas, je vous annonce que je suis enceinte, dit Charlotte.

La troupe applaudit. Victor qui les regardait frappa à son tour dans ses mains. Il se demandait de qui. Mais Charlotte passait de bras en bras et recevait des baisers de tous.

— Demain, dit Joseph, nous fêterons cela. Je propose une séance générale au supermarché. Térébinthe ira renouveler le linge des enfants, Victor et Hélène joueront de la flûte à l'entrée. Après nos ventes habituelles, nous lèverons le camp. Allons rouler la camionnette au fond du parking. Inutile que l'on nous voie en descendre.

— Pourquoi, dit l'aîné de Térébinthe, Hélène et Victor se regardent les yeux baissés? Ils ne peuvent pas voir!

Rodolphe tira l'auvent de toile fixé sur l'un des côtés du véhicule et qui, ses pans déroulés, doublait la surface habitable. Bonneteau déjà gonflait les matelas pneumatiques. La nuit vint, qui hésitait à s'étendre sur le sol ardent. L'énorme centre commercial s'aplatissait au loin. Hélène s'allongea près de Charlotte. Les petits se retournèrent plusieurs fois en criant dans leurs cauchemars. Térébinthe auprès de Rodolphe regardait le ciel cloué à l'arrière ouvert de la camionnette. Cette première algarade dans leur long périple la laissait rêveuse. Bonneteau, Andersen et Roberte étaient allés à la recherche d'un café, au-delà des pavillons qui dorment en ligne comme des poules et lâchent la même odeur pouilleuse et tiède.

La lune basse arrivait à son plein. Là-bas, sorti

d'une berline, un homme se rajustait. Une autre voiture s'éloignait sans allumer ses phares.

Hélène et Victor faisaient le tour du grand magasin, regardant le reflet de leur couple dans l'enfilade des vitres. Le silence allait le ressouder, mais Hélène le fit une nouvelle fois voler en éclats.

— Tu étais comme ça avec ta femme ? Ne mens pas, tu étais comme ça ?

— Comment ? demanda Victor. Qu'ai-je dit ? Qu'ai-je fait ?

— Ou alors tu étais la femme et elle l'homme. C'est vrai, hors de ta flûte, où est le salut ? Tu souris toujours, tu suis, tu acceptes, tu n'exiges rien. Heureux ! Heureux au point de ne pas te soucier du bonheur des autres ! Quand on ne peut pas monter sur ses grands chevaux, c'est que l'on n'a qu'une méchante mule !

— Je suis en effet heureux, dit Victor, mais chagriné. Tu n'es pas faite pour la hargne.

— Viens, dit-elle, ce soir il faut te décider.

Elle l'entraîna d'abord du côté de la station-service, déserte et entourée de chaînes, puis vers le talus qui bornait un second parking. Une silhouette qui se faufilait entre les voitures abandonnées la poussa un peu plus loin, au-delà de la rue qui ceinture le lotissement. Victor se laissait conduire.

— Ici, dit Hélène en prenant une sente entre deux grillages.

Un chien commença d'aboyer, et d'autres à lui répondre.

— Que veux-tu ? murmura Victor.
— Toi.

Mais les chiens ne cessaient pas, et la nuit devenait mauvaise. Ils avaient pris une route qui montait. Victor se sentait impuissant. Il rentrait en lui-même. Il avait peur. Il haletait.

— Ici, reprit Hélène.

Ils étaient au-dessus des toits. La mer avait la taille d'une bassine. Du lichen s'étalait entre deux rocs. La jeune fille en deux frissons laissa glisser sa robe. Victor pensait au jet d'eau du jardin public. Elle eut beau le faire s'agenouiller, l'étendre auprès d'elle et commencer par l'oreille une série de baisers, il était absent jusqu'au plus intime, et le resta. Elle regardait les yeux fixes, la barbe et la poitrine grises, les cuisses pâles et le sexe endormi de tout son long. Elle murmura gentiment :

— C'est souvent comme ça la première fois.
— Qui t'a dit ?
— Andersen, Rodolphe, Bonneteau, Joseph.
— Ils te l'ont dit ?
— Je l'ai vu.

Le ciel dérivait, faisait lui aussi glisser sa robe innocente. Victor au milieu de sa ménagerie, le fouet bas, s'apostrophait : tu recules quand on te demande d'avancer ! Quel âne ! Il baissa les paupières et laissa filer une larme. La dernière remontait à l'enfance.

Cependant, Roberte et Andersen, au bistrot des *Deux Olives*, admiraient Bonneteau qui faisait son passe-passe à la lumière d'un dernier anis, devant une poignée de retraités et de maigrelets gainés de cuir. La mélopée arabe qui s'enroulait dans le rideau de perles avait les mêmes glissantes caresses, les retournements subits de ses mains.

— Où qu'est-y? Où qu'est-y?

— Stop! dit l'un des voyous en saisissant les poignets de Bonneteau.

Il retourna les boîtes d'allumettes sous lesquelles allait et venait un petit pois. Il le fit rouler à terre et l'écrasa d'un coup de semelle.

— Où qu'est-y?

Il fit signe à ses copains, et ils s'en allèrent en riant.

— De notre temps..., commença l'un des vieux, mais il n'en dit pas plus.

Bonneteau sortit de sa poche les quelques pièces qu'il avait gagnées et les laissa sur la table. C'était plus pour se concilier les dieux, fussent-ils en savates et gilet, que par mépris. A quelques rues du supermarché, les amis retrouvèrent Hélène et Victor qui se suivaient et contournaient les cercles pâles tombés des lampadaires. Ils se mirent à la queue leu leu dans une marche sinueuse. Rien ne ressemblait plus à la fin d'une joyeuse farandole quand le sommeil en a déjà pris la tête. On entendait par intervalles une chouette qui paraissait rafistoler, plaintive et lasse, les mailles d'un très vieux temps, beaucoup trop grand pour elle. Andersen, au bout de la file, se parlait à voix basse et cherchait s'il se trouvait dans Haendel une nuit semblable à celle-ci, mais il ne trouvait que des palais illuminés, des eaux surprises par des feux d'artifice, des négresses en torchères, des étoiles à longs cils. Avec beaucoup de sollicitude, les veilleuses de garde du supermarché l'aidèrent à franchir la zone de stationnement. Un je-ne-sais-quoi de dangereux fit reculer les rêves. L'ombre avait la pelade et sentait le mazout. Puis le matin balaya tout pour l'arrivée des voitures. Des haut-parleurs lancèrent un disque de valses viennoises. On annonçait la grande semaine de l'hygiène. On avait sorti des enfilades de paniers à roulettes. La presse déjà était grande comme si l'on avait été interdit d'approvisionnement pendant des jours, qu'il fallait à tout prix entasser toutes les sortes de denrées, que l'on allait avoir la disette bientôt, et les visages étaient graves jusqu'à se poser des cas de conscience sur le choix d'une lessive. Victor s'était mis au rythme de la musique que l'on diffusait et paraissait fournir à lui seul la masse de l'orchestre. Hélène, par elle ne savait quel remords de tendresse, vint lui essuyer ses lunettes noires. Roberte offrait ses derniers paniers et Charlotte ses colliers. A l'intérieur, Térébinthe promenait dans une poussette les trois enfants et les souhaitait tout de suite plus grands, tant il y avait de jolis vêtements. Tout semblait organisé pour eux, ce monde qu'ils auraient un jour plein de rayons à l'infini, dont on n'aurait plus à sortir, chauffé l'hiver, frais l'été, peuplé de robots allant d'une cabine à l'autre pour les caresses et les soins. Cependant, les coups de poing publicitaires mataient la foule. Un notable serrait des mains, prenait des bambins dans ses bras et leur faisait voir l'avenir en bleu, au-delà de la mare blême des néons. Il suffisait de voter pour lui aux prochaines élections. Un sourire lui bloquait les dents. Il remonta son col de veste. Le mécanisme du climatiseur venait de se coincer au plus bas. Térébinthe, en léger corsage, sortit, retrouva l'air chaud, bien agréable, et lança une pièce dans le chapeau de Victor. Des inconnus à l'instant l'imitèrent.

— Et dire que nous nous plaignons, lança-t-elle à la cantonade, quand il y a plus malheureux que nous !

— C'est bien vrai, on ne le dira jamais assez ! fit l'écho qui avait à ce moment plusieurs têtes lamentables.

Térébinthe poussa un cri et désigna le fond du parking. Victor ôta ses lunettes et Hélène vint saisir Marie, tirée par son frère, que Térébinthe ne voyait pas tomber du panier à roulettes. Bonneteau, Joseph et les autres accoururent. La camionnette leur en faisait voir de toutes ses couleurs pour la dernière fois. Elle filait par le fond, laissant un sillage rouge sur leurs rétines puis gris, dans le grouillement des voitures qui tournaient et cherchaient à se garer. On venait de la voler.

John Mélanidès se faisait humble tant il avait la certitude de s'être surpassé. Néfertiti en smoking évoluait dans une pyramide de verre et chantait en laissant son porte-cigarettes émaillé aux mains d'un groom à brandebourgs. Fred le timbalier tenait le second rôle de l'orchestre. Groseillier ne vivait plus que d'aspirine. Pourtant la location était complète, la générale encore lointaine. L'aléatoire du compositeur Simplon prenait de l'envergure à chaque répétition. Sur leurs échafaudages, les doreurs redonnaient de l'éclat aux lyres, aux noms des musiciens, aux arcs des amours sur la façade du théâtre, et la ville en était heureuse. On parlait moins de la fugue des flûtistes. Dans les gazettes, un crime chassait l'autre. Jeanne Favorite vivait sa nouvelle passion par tranches régulières, comme on coupe un cake à l'heure du thé, mais certains jours étaient plus fournis que d'autres en fruits confits. Mouchet s'endormait dans le jardin public, d'un banc à l'autre. Mme Deuil, l'aïeule de Marc-Antoine Deuil père et fils, le réveilla en le touchant du bout de sa canne.

— Est-ce que l'on vous paye pour vous offrir des rêves, Mouchet ? Vous pourriez m'en faire part, je verse assez d'impôts ! Aussi loin que je remonte, je ne vois que gaspillage, et ne croyez pas que je décline, c'est l'ensemble autour de moi ! Vous m'avez habituée à plus de tenue ! Et vous sentez l'alcool, maintenant ? Où allons-nous ? Je suis passée ce matin sous les fenêtres du Grand Théâtre. Il en sortait de tels miaulements d'écorchés, de tels râles qu'on aurait dit un abattoir ! Un opéra de cobayes !

— Je me demande, dit le garde pincé, si vous n'avez pas fait votre temps, madame Deuil. Écrivez vos Mémoires et laissez-moi reposer. Et d'abord, le compositeur Simplon est décoré ! De ce que l'on fait de mieux en médailles !

— Depuis la disparition des flûtistes, l'orchestre s'en va par tous les bouts, continuait l'aïeule, la ville et le monde à la suite ! Qu'est-ce que je fais encore ici ?

— On se le demande, dit Mouchet.

— Vous me décevez, dit-elle. Les hommes, il n'y en a pas un pour racheter l'autre. J'ai beau le savoir, ce sera difficile à supporter jusqu'au bout.

Et elle devint mauvaise.

— Vous avez toujours une jambe de bois à nous lancer à la figure !

Elle donna un coup de canne au pilon et poursuivit :

— Toujours à geindre, à avoir le nez de travers,

une grosseur ici, une angoisse là, comme si j'en étais responsable. Tous, tous, tous! Moi qui vous ai donné le lait, les caresses, les mots de passe, toutes mes heures, mes désirs et mes rêves, et je ne demande pas de merci! Seulement un peu de reconnaissance. Ils vous répondent : « Allez vous faire foutre! » Hélas, Mouchet, pour moi le temps en est passé. Savez-vous ce qu'il y a de plus pitoyable au monde, de plus injustement écarté? Une vieille femme, Mouchet. Allez, dormez! Dormez pour moi!

Le garde restait sans voix, l'œil au gravier. Il avait déjà connu semblable étourdissement, autrefois, quand, roulé dans le fossé, il regardait passer sur la haute route les chars vaniteux de l'adversaire. La défaite ne finirait donc jamais et prendrait toutes les formes de la dérision!

— Vieille bête!

Mais Mme Deuil avait disparu. Des petites filles lançaient des cailloux sur le jet d'eau et riaient d'un rire frais. Le commissaire Malandre traversait la pelouse interdite, cueillait une fleur dans un massif, en ornait sa boutonnière et ouvrait une bouche en cœur sous sa moustache cavalière.

— Alors, Mouchet, en forme?

— Vous êtes bien pétillant! dit le garde. Je vous vois faire la roue!

— La cible, Mouchet! dit le commissaire en décrivant un grand cercle des deux bras. Il est si bon d'être en avance! Attendre est mon métier et le plus grand plaisir. Un policier n'est pas une flèche, mais une cible! Tout finit par s'y ficher. Même les traits de l'amour.

Il s'assit, souriant.

— Mme Favorite ne viendra pas, dit le garde. Elle est passée en coup de vent, il y a cinq minutes. Allais-je vous envoyer un rapport puisque vous veniez ?

— Vous ne pouviez pas la retenir ?

— Autant garder une poignée d'eau ! Elle était en larmes. Je lui ai demandé quelle raison je devais vous donner, si la partie était remise et de quoi elle souffrait. « D'absence, Mouchet ! Il n'y a que les absents pour vous tourmenter ainsi ! Ils viennent la nuit, ricanent et vous disent à demain. Charles Sénevé est encore venu me tirer par les pieds et me menacer. Il emportait même ma voix et si fort qu'il a réveillé ce pauvre Favorite qui dormait comme un juste. Même les justes sont à leur merci ! Dites au commissaire que je lui ferai signe dès que je serai calmée. Il a droit à un thé tranquille. »

— C'est une nature généreuse, dit Malandre, mais elle devrait savoir que je baigne dans des eaux infestées. J'ai beau être vacciné !

Il ôta la fleur de sa boutonnière et l'éplucha nerveusement.

— Je connais bien des salauds, dit-il, mais ils n'approchent pas de ce flûtiste. Je lui souhaite de ne jamais tomber entre mes mains.

— Nous avions une vie tranquille, dit le garde, des crimes normaux. Depuis les Sénevé, tout s'est détraqué. Pourtant, quand je les revois dans ce jardin, y avait-il plus incolores, plus inoffensifs ?

— Les pires ! dit le commissaire. Rappelez-vous cet excellent serveur de *La Truite heureuse*, il y a deux ans. Célérité, discrétion, prévenance. On n'en disait que du bien et il garda même des témoins favorables : le meilleur fils, le plus doux compagnon. Il a quand même égorgé six marmitons, dans ses jours de relâche. Eux aussi avaient disparu ! Nous finirons par apprendre des choses effroyables sur les Sénevé. Je suis allé cent fois au Grand Théâtre, j'y suis invité en permanence. Eh bien, je pourrais vous en décrire le personnel, chaque musicien en détail, tous ! Sauf les Sénevé. Et les voici qui s'attaquent à ma vie intime !

— D'habitude, vous ne vous souciez guère de vos conquêtes. Vous avez l'air d'être bien pris par Jeanne Favorite !

— Et ils me la ravissent ! Comme des ombres un rêve !

— Les plus grands ont eu des défaites, dit le garde.

— Vous croyez que la Favorite est vraiment perdue ? Me dites-vous la vérité, Mouchet ?

— Toute ! Mais l'espoir n'est jamais aussi pur qu'au soir d'une campagne malheureuse. Je me rappelle cette débâcle incomparable. J'étais dans le fossé, ma jambe détachée de moi. Je pleurais de rage plus que de douleur, car, dans le fond de mon cœur fasciné par le triomphe adverse, soudain s'est levée l'idée de la revanche. Elle était là qui me tirait, solide et belle, déjà dans sa robe de victoire ! J'ai serré les dents, me voici.

— Ai-je l'étoffe d'un héros ?

— Se poser la question suffit, dit le garde.

Des enfants faisaient la ronde autour des deux

hommes qui se tenaient tête baissée. « Lanturlu, tu m'as cru. Me crois pas, tu m'auras. » Mouchet leva sa canne, et ils se débandèrent. Des mères tricotaient auprès des landaus. Le soleil mouillait ses mille lèvres au jet d'eau qui prenait des airs d'aguicheuse et jouait des hanches. Il suffit de rester là, au premier plan du tableau, dans l'après-midi qui mêle ses couleurs en sifflant un air de tourterelle, et la vie passe à la lenteur d'un banc de sirènes au plus ensoleillé de la mer intérieure.

— A quelle heure la fermeture ? demanda un touriste bardé d'appareils photographiques.

Mouchet salua militairement.

— A six heures.

— Il n'est donc pas possible que je vienne fixer la fin du jour ?

Malandre leva la tête vers le photographe.

— Il me semble vous avoir déjà vu ? dit-il.

— Moi aussi ! Commissaire Malandre, n'est-ce pas ? J'ai eu cet honneur. J'ai fait l'an dernier un album sur les commissariats de police de l'Hexagone.

— Exact. Je l'ai reçu. Le citoyen peut voir dans quelles conditions nous œuvrons. C'est une bonne œuvre, monsieur. Une belle œuvre déjà suffisait.

— Cette année je me consacre aux jardins publics. Vous avez ici une merveille.

— Merci, dit Mouchet, mais pourquoi la fin du jour ?

— Je vous demanderai aussi l'aube. J'ai déjà le milieu. Si vous le permettez, j'aimerais vous prendre aussi, en pied, en maître du jardin, seul avec vos verdures, quand tout sera vide.

— Je vous laisse, dit le commissaire. Vous allez passer à la postérité.

— Nous avons le temps, dit Mouchet en le retenant.

— Je reviendrai au crépuscule, précisa le photographe.

— Je serai à la grille, dit Mouchet en posant une main sur sa poitrine. Nous ferons un premier cliché à la grille, avec mes décorations grandeur nature. Je vais les sortir. Celles-ci ne sont qu'un aperçu.

— Ravi, dit le photographe. Il y a des villes revêches, amères, je dirais même rances, mais vous, c'est l'ouverture et l'enthousiasme! Vous ne jouez pas de l'ocarina, mais de l'orgue. Je ne vais pas travailler dans le sautillant et la brasserie. Déjà, chez vous, commissaire, une certaine grandeur m'avait saisi. Quand vous m'avez reçu, vous n'aviez pas les pieds sur votre bureau, les manches de chemise sur les biceps, un mégot entre les dents. Rappelez-vous! Vous étiez sur une chaise dans un angle de la pièce, le menton sur les mains, dans un fil-à-fil gris, le nœud papillon pourpre.

— J'écoutais du Haendel, en effet.

Mouchet les regardait s'éloigner.

— Vous avez une nature grave, reprit le photographe. Mon objectif m'a appris à tout saisir. Je ne voudrais donc pas remuer des affaires douloureuses, mais où en est-on de la disparition de vos musiciens?

— J'ai mon idée, dit Malandre, mais vous me permettrez de la tenir encore secrète. Le bout du tunnel est proche.

— Si j'osais vous donner ma carte... Être là pour le dénouement...

— Vous pouvez. Je vous ferai signe.

Pour regagner son bureau de bonne humeur en prenant le temps de pardonner à la volage, le commissaire choisit de faire un crochet par les lacets de la vieille ville. Des ouvriers de la mairie changeaient la plaque de la rue des Demoiselles. Elle s'appelait dorénavant du nom du précédent édile, Louchon. Le charme des fenêtres à balustres en était atteint, mais ce n'était qu'un malaise. Les voies qui croisaient celle des Demoiselles avaient changé plusieurs fois d'appellation. La rue anciennement de la Persévérance en avait elle-même souffert huit, avant d'être celle du 29-Octobre qui ne voulait plus rien dire à personne et qui aurait dû rappeler le passage d'un prince héritier du Monténégro peu après la construction de la nouvelle gare. Le prince avait salué la foule depuis son wagon, et Malandre songeait que s'il trouvait, lui, la solution de l'affaire Sénevé, il ornerait un jour l'une de ces plaques. C'était aussi le désir de Groseillier, mais ses chances étaient maigres depuis que l'on avait volé la suite de tapisseries des Flandres qui ornaient le foyer de l'Opéra. Le commissaire regarda sa montre. C'était la minute où Mme Favorite, dont le plaisir se déroulait avec un si précis cérémonial, lui aurait offert bouche à bouche le plus beau raisin confit du cake. Il en frissonna.

— Chef, on vous cherchait, dit le planton. Il y a du neuf. Jusqu'où n'iront-ils pas ?

— Mais quoi, mais qui ?

— Les collègues vont vous le dire. Moi, j'étais ici dans le va-et-vient. Je les ai vus charger les machines à écrire dans leur camionnette et partir. J'ai pensé que c'était prévu. Une révision du matériel. Surtout qu'ils se sont garés à la porte, dans la zone interdite, et devant moi!

Malandre, à l'intérieur, poussa un coup de gueule pour avoir le silence. Tous parlaient ensemble. On lui expliqua la disparition d'une douzaine de machines, les plus récentes. L'enlèvement s'était fait en deux temps. Des jeunes, en blouse de réparateurs. Le commissaire rejoignit le planton sur les marches de l'entrée.

— Vous avez relevé le numéro du véhicule?
— Non, mais il est reconnaissable. Tout peint, avec des vagues et des étoiles.

Mme Favorite aurait pu dire qu'elle avait une répétition avec l'orchestre cet après-midi-là, mais elle ne voulait favoriser que son côté romanesque. Le chef en manches de chemise faisait travailler le deuxième acte de *Néfertiti*. Simplon assistait à la séance, près d'une fenêtre entrouverte dont le rideau le caressait. Il intervint après l'air de la Reine, quand Akhenaton renvoie ses prêtres pour mieux se consacrer à sa pensée. Le pharaon s'agenouille, prend le roseau troué que lui tend Néfertiti et commence à en tirer un son d'abord languissant puis ferme, aussi pur et net qu'un chant d'oiseau.

— Parfait, dit Simplon. Vous m'avez compris. Le début est ce rideau fluant et mol, puis cela devient la vitre, dure, où le ciel est pris. Akhenaton, suivez bien le flûtiste. Tout gravite autour de lui. Son chant est l'axe de l'empire, droit mais torsadé. Vous y ajoutez des reflets ad libitum. Les fracs et robes du soir de John Mélanidès souligneront l'intemporel.

— Maître, dit Groseillier qui venait en visite de courtoisie, loin de moi l'idée d'une préférence ou le rabaissement de quiconque, mais les flûtistes ont toujours été la spécialité de notre Opéra. Notre soliste actuel vous dira son sentiment. Victor et Charles Sénevé, ses prédécesseurs, restent un modèle.

— Inégalable, dit le nouveau.

Les collègues de cordes frappèrent de l'archet sur leurs pupitres pour applaudir la mémoire des Sénevé. La sincérité du nouveau cependant restait douteuse pour chacun. A-t-on jamais vu un virtuose en louer un autre ? Favorite murmurait à sa femme qu'il ne voyait aucune différence en faveur de Charles Sénevé, et Jeanne haussa les épaules. Elle lui ferait payer cette petitesse, et, pour honorer Charles, elle se voyait déjà se donner toute à ses mânes, demain au plus tard, dans un rendez-vous avec le commissaire. Victor souriait dans l'ombre aux grâces qu'elle accordait à son fils.

— Nous reprenons à la barre rouge, dit le chef, neuvième volet du dépliant. Néfertiti s'enveloppe d'un nuage d'encens, et le pharaon découvre le double sexe du dieu unique. Liberato cantabile.

Par les couloirs où les bustes des musiciens, de l'antiquité à nos jours, l'œil étonné, regardent couler le tapis rouge de la gloire, Groseillier regagnait son bureau directorial quand une note inattendue attira son attention. Qui avait osé? Une tête aux larges boucles offrait ses lèvres peintes en vermillon. Haendel! Le directeur sortit son mouchoir pour le nettoyer, mais se retint. Les yeux sans prunelles du buste offraient un mélange d'assurance et de détachement où rien de dérisoire n'entrait. On ne peut se moquer de la force. Sa main caressa les crânes de pierre, en remontant les années vers son bureau. Le rouge baiser n'allait pas à Buxtehude, à Purcell, même à Mozart qui pourtant lui avait toujours paru un joyeux drille sinistre, ni à Wagner. Il n'irait pas mieux, plus près de nous, aux sans-perruques, à Webern ou Britten, et moins encore aux nouveaux laborantins de l'école exclusiviste, mais je ne les ai pas encore dans le couloir, Dieu merci! Haendel porte le rouge à ravir.

Il ouvrit sa bibliothèque et fit pivoter l'un des rayons de livres. Liqueurs et marcs apparurent. Il se servit un armagnac. Le téléphone sonna. On l'appelait de Paris. C'était la Culture, et Groseillier, qui ne tenait pas son poste d'une quelconque relation mais miraculeusement de sa valeur et des dons les plus rares, crut distinguer au bout du fil, à l'haleine de son maître, un soupçon d'eau-de-vie. Il osa, et ce fut pour beaucoup dans son élévation sociale, il osa demander à brûle-pourpoint:
— Calvados?
— Oui.
— Hors d'âge?
— Exact!
— De la région de Vimoutiers.

— Vous êtes incomparable, Droseillier! Mais vous-même, permettez? Laissez-moi humer... Oui, j'y suis... bas armagnac... quarante... quarante-deux ans d'âge.

— Monsieur le Ministre, dit Groseillier, je m'incline. Demandez-moi ce que vous voulez.

— L'adresse exacte des Sénevé. Je compte m'y rendre et sans doute la classer au répertoire des Demeures Historiques.

— C'est une maison tout à fait humble, dit Groseillier.

— La grotte de Bethléem l'était aussi. Et songez à toutes les demeures charmantes que l'on a démolies, avant moi, pour en faire des garages! Pouvez-vous me la décrire?

— Coiffée d'ardoises, en pierre de la région, l'encadrement des fenêtres est plus sombre. La porte d'entrée s'orne d'un bouton. Trois marches creuses y montent depuis le trottoir. Les dimensions ont été données au millimètre près dans un roman qui fit grand bruit autrefois. Elle avait frappé l'auteur qui recherchait depuis quelques années la demeure de son héros qu'il voulait discret jusqu'à l'invisible.

— Vous vous rappelez ce livre, cher directeur? Le titre?

— Non, mais je vais mettre sur la piste le commissaire Malandre. C'est un ami. Allô? Vous m'entendez, monsieur le Ministre?

— Fort bien. Je réfléchis. L'encadrement des fenêtres est-il en granit? Je le vois d'un rose vosgien. La porte ne pourrait-elle pas être du vert des champs en avril, avec un bouton d'or?

— Je peux le suggérer à John Mélanidès.
— Qui ça?
— Le décorateur de l'Opéra, c'est vous qui l'avez nommé.
— Ah? Mais je vous fais confiance. Pour le trottoir, je l'aimerais en galets ronds, bretonnant, de façon que la demeure des Sénevé réunisse le plus possible de données françaises. Enfin, je m'en remets à vous. Faites-moi une petite note, Moseillier.
— Groseillier.
— Of course! So long, Roseillier!

Le directeur expédia les affaires courantes dans toutes les directions. Les chœurs de *Néfertiti* battaient contre la double porte du bureau. La musique de Simplon logeait avec peine sa terrible et résistante plante dans l'immense bâtisse, et tard dans l'après-midi elle s'effondra, sans souvenir. Groseillier ouvrit le parapheur que lui tendait sa secrétaire et relut la note pour le ministre.

— Qu'en pensez-vous, Diane? J'aime votre franc-parler.
— C'est d'une sottise sans égale, monsieur.
— Ne vous retenez pas!
— D'autant moins que je compte entrer dans le privé. J'ai des propositions.
— Cela ne m'étonne pas. Vous êtes jolie, gracieuse, efficace.
— Et saine, ajouta Dian J'ai passé tous les contrôles et j'ai le certificat dans mon sac.

Mais elle savait que le directeur n'aimait que lui-même. Il ne pouvait avoir de liaison qu'avec soi.

Nulle passion pour une femme, pour un homme, pour autre chose que l'Opéra, ses lyres et ses dorures, et, dans ce Grand Théâtre, nul autre amour que celui du bureau, de la bibliothèque, et précisément celle du rayon de faux livres qui tourne sur le coffre aux liqueurs, où l'attend le verre qu'il lève à sa santé, d'une main caressante, la main qui sait si bien le servir.

A la fenêtre hurlaient les transistors de jeunes gens en promenade. Diane la ferma et regarda s'éloigner la bande désœuvrée.

— Restez jeune, dit Groseillier.

— Pourquoi! Vous voulez que je sois triste?

Groseillier tournait les pages du registre et signait en confiance.

— Pourquoi n'accepterais-je pas tout ce qui arrive, dit-il, les décorations, les plaques pour les maisons?

— Ici vécurent Charles et Victor Sénevé, dit-elle en ricanant, génies de la flûte, disparus mystérieusement.

— Leur souvenir en vaut bien d'autres, Diane, auxquels on met un concierge qui vous fait lorgner, sur des patins, derrière des cordons, des meubles qui viennent d'on ne sait quelle salle des ventes! Et qui vous fait admirer, penchez-vous, dans un cadre à verre bombé, un cheveu de génie!

— Je me ferai un plaisir, monsieur, de conduire mes enfants, dès que j'en aurai, au musée Sénevé.

— L'ironie ne vous va guère, Diane! Vous qui êtes si droite!

Le directeur ferma le parapheur et lui imposa les mains.

— Vous oubliez une chose, dit-il adouci. Les Sénevé sont allés au bout d'eux-mêmes, phénomène que l'histoire compte sur les doigts d'une main !

— Cela ne va pas m'empêcher de dormir, dit-elle.

Il lui tendit le parapheur. Elle l'ouvrit, chercha l'un des feuillets qu'elle lut, plia et mit dans son corsage.

— Je vous remercie, dit-elle. Vous venez de signer ma demande de démission et d'indemnité.

Groseillier voulut se redresser, mais il restait assommé.

— Une lettre vient d'arriver pour vous, ajouta Diane. Personnelle. Écrite en gros. Je ne l'ai pas ouverte. Elle est sous votre nez.

Diane s'inclina et le directeur la vit disparaître dans le sas des portes. Il avait envie de l'appeler, de lui dire qu'il avait toujours été content de ses services, que tous deux représentaient ce que l'on fait de mieux dans le tandem patron-secrétaire, pas une incorrection, nulle pensée déplacée, un respect mutuel et constant, mais ses lèvres restaient serrées. Deux ou trois mots tentaient péniblement de se grouper au fond de sa tête. Il ferma les yeux. Leur banderole flottait sur le néant. Combien de temps s'était passé ? Groseillier, l'aiguille dans le même sillon, répétait encore : « Le cours de l'histoire... le cours de l'histoire... » quand il aperçut la lettre. Il l'empocha sans l'ouvrir. Le mieux, c'est d'aller prendre l'air. Contrôle ta marche, comment vont tes jambes ? Étends les bras, respire à fond, respire, ne pense à rien, suis la ligne du trottoir, garde l'équilibre, va droit !

— Quel enfant vous faites! Quelle santé! dit Jeanne qui, de la capitale de Néfertiti, rentrait avec son mari dans la province innocente.

Groseillier faillit tomber. Jeanne lui tendit la main.

— Nous tenons un nouveau chef-d'œuvre, vous savez? dit-elle. Allons fêter cela à *La Truite heureuse*.

Elle entraîna le directeur, et M. Favorite se demandait qui réglerait l'addition.

Fred le timbalier avait rejoint John Mélanidès à la table d'hôte. Des péniches se croisaient sur le fleuve. La lumière en oblique bafouait le ciel, imitait les coups de pinceau qu'aiment souvent les peintres à la fin de leur vie, quand ils n'ont plus que le souci de se faire plaisir, sans gêne ni ménagement, jusqu'à la rage, sachant enfin qu'au-dessus de toutes les heures éphémères qu'ils ont fixées si minutieusement au long de leur vie règne, incomparable, le hasard indifférent et brutal. Au fond de la salle, sous les lustres en gouvernail, John Mélanidès murmurait à Fred la fin d'un sonnet d'amour, et, comme la mémoire lui manquait, le timbalier qui suivait en remuant les lèvres l'acheva. Ils saluèrent d'un signe discret de la main les Favorite et le directeur qui s'asseyaient près des vitres que le soir enflammait.

— Vous l'avez bien connu? demanda John.
— Charles? Il était exquis. Il pesait à peine.

La patronne passait entre les tables avec son ardoise où le menu du soir était écrit : feuilleté aux fleurs de houblon, cane à la Goethe, soufflé de mirabelles, mais le plat de résistance restait la tourte aux Sénevé, cette pâte inépuisable où les dents se cassaient sur les fèves de Victor et de Charles.

— On n'en parlait plus, dit M. Favorite, et les revoilà! Si je partais, on ne ferait pas tant d'histoires!

— Mais tu restes là, dit Jeanne. Voilà la différence.

— S'il suffisait de disparaître pour devenir intéressant! s'esclaffa Groseillier.

— Encore faut-il en avoir envie, reprit le hautbois. Je me sens bien dans ma peau. On leur cherche des raisons, mais pour moi les Sénevé étaient simplement dérangés. Nous connaissons tous des gens qui sont devant nous, à qui nous parlons, et qui, en fait, sont ailleurs et nous offrent des yeux vides. Les Sénevé étaient déjà ailleurs.

— Et vice versa! s'écria Jeanne. Quand ils sont ailleurs, nous en parlons et ils sont là. Je les vois. Tu les vois.

— Je ne vois rien.

— Je pourrais même les toucher! ajouta-t-elle en lançant sa main que Groseillier repoussa délicatement.

— Depuis quelque temps, ma femme s'exalte pour un rien. Excusez-la, dit René.

— Nous sommes tous remués, dit Groseillier. Nos eaux dormantes deviennent des torrents et emportent le vieux monde. J'appréhende celui qui nous attend.

— En attendant, dit Favorite, profitons de *La Truite heureuse* et de la lumière du soir.

Jeanne haussa les sourcils. Même Favorite était en mutation! Avait-il jamais prêté attention à son assiette et au ciel? Le crépuscule faisait des prodiges, entassait les ors, les recouvrait de voiles pourpres et les changeait de place en un bonneteau qu'il décomposait avec lenteur pour que l'on ne perdît rien de ses glissements.

— Le Tintoret du musée, dit Jeanne. Le ciel imite le Vénitien! C'est lui qui l'a volé!

— La fumée vous gêne-t-elle? demanda Groseillier.

— Quand je fume, non!

— Mais tu ne fumes jamais! s'écria son mari.

— Ce soir, si.

Le directeur mit la main à la poche pour prendre son paquet de cigarettes. Il trouva la lettre laissée par la secrétaire.

— Permettez? dit-il en la décachetant.

La serveuse apportait les feuilletés. Jeanne vit Groseillier pâlir, se tasser sur sa chaise, et la lettre trembler dans ses mains.

— Mauvaises nouvelles? dit-elle. Quelqu'un des vôtres ne va pas? Comme j'ai eu raison de ne pas vouloir d'enfants!

— Monsieur le Directeur n'a pas d'enfant, Jeanne!

— Comptes-tu pour rien les chers parents?

Le directeur restait sous le coup d'une attaque. Jeanne le questionna.

— Un frère? Une sœur? Un oncle adoré? Êtes-vous d'une famille fermée au surnaturel? En ce cas, c'est terrible. Respirez du vinaigre.

Elle prit le flacon dans l'huilier et le lui tendit. Il respira par un reste de politesse, cette vertu qui part en dernier lorsqu'on la possède.

— C'est affreux, dit-il.

— Respirez encore! Dites-nous ce drame! Le partager, c'est à demi l'effacer. Nous sommes de tout cœur avec vous.

John Mélanidès, qui observait leur table lointaine, pressa la main du timbalier et de l'autre fit tomber de ses lèvres quelques fleurs de houblon.

— Groseillier semble avoir un malaise, dit-il.

— Mon Dieu, dit Fred, c'est pourtant vrai!

— Les Favorite se lèvent et le redressent! Aidons-les! Montrons-nous!

Ils se dirigèrent près de la fenêtre que le soleil ensanglantait tout à coup.

— Un drame dans la famille, leur dit Jeanne. Une famille fermée au surnaturel! C'est terrible. Encore du vinaigre!

Groseillier revenait à lui et les remerciait tous d'un regard qui venait du bout du monde.

— Il faut tout nous dire, dit Fred d'une voix émue.

— « Monsieur le Directeur... », lut le directeur en tenant la lettre.

Il s'arrêta et reprit :

— Elle est écrite en majuscules très fines.

— Anonyme? s'écria le timbalier.

— « Monsieur le Directeur... », non, je ne peux pas! dit Groseillier.

— Donnez, dit Mme Favorite en saisissant la feuille — et les tablées qui avaient levé leurs fourchettes prêtaient aussi l'oreille : « Monsieur le Directeur, Victor et Charles Sénevé seront rendus contre une rançon de dix millions en coupures usagées. L'Opéra est responsable. Votre vie en dépend. La somme sera déposée dans le jardin public, à l'heure et à l'endroit que vous indiquera une seconde lettre. »

Des fidèles à genoux priaient la Bonne Mère dans son buisson de cierges. Charles regardait leurs visages avec envie. Il sortit de l'ombre et choisit un prie-Dieu dans la zone lumineuse et tremblante, mais rien ne venait, pas même un début de vertige. La Vierge levait les yeux au ciel devant cet incapable. Pourtant, on l'a bien éduqué. Sa mère lui a donné les bons conseils, lui a appris les prières de base, l'a tenu propre de corps et d'esprit, lui a montré l'exemple d'une vie réglée, sage, silencieuse, attentive au ménage, aux beaux dimanches fleuris et suspendus au-dessus de la semaine laborieuse. Elle n'a rien à se reprocher. Elle n'a même pas été, le peu que ce fût, autoritaire et contraignante. Elle s'est mise à faire la planche sur le long fleuve de la maladie. Peut-être que certains êtres échappent à la grâce et ne sont pas pour autant des rebelles. Ni roses ni chardons non plus que des légumes, ils relèvent des plantes artificielles. On voudrait tant qu'ils sentent et qu'ils ressentent. Non, ils sont là, sans gêner personne, sans paraître s'inquiéter d'eux-mêmes. Regardez-le toutefois qui s'étonne de tous ces visages illuminés autour de lui. On dirait, je rêve, qu'il voudrait les imiter. Allons, un peu de patience. Charles baissa la tête et la torpeur le saisit. Il était fatigué, il allait s'endormir dans cette pose inconfortable, mais une sonnette tinta dans le lointain, au fond des voûtes. Les fidèles s'égaillèrent par enchantement. Il sortit le dernier. Le bedeau cadenassa la chatière du portail.

— Vous fermez l'église à midi? demanda Charles.

— Je vais déjeuner et je ne peux pas la laisser seule. Des voyous viennent y boire au frais et faire leurs horreurs. Je rouvre à deux heures.

Une odeur de poulet frit et de bouillon de courges leur passait sous le nez.

— Remarquez, ajouta-t-il, qu'il n'est pas mauvais de couper ses prières. C'est comme pour le reste. On oublie toujours un peu ce que l'on a à dire, à demander surtout. Moi, je n'ai pas à me plaindre. Depuis longtemps je ne souhaite plus rien. Vous, en pleine jeunesse, c'est autre chose. Vous êtes touriste, d'après l'accent?

La réponse ne l'intéressait en rien, et, d'un pas de clerc, oblique et méfiant, il traversa la place ensoleillée.

Charles descendit une rue, en remonta une autre, refusant de prendre la direction du placard où l'attendait son bagage, et il retrouva la mer derrière un grillage, ronde au-dessous des jardins et des toits. Elle était couchée, juste un frisson sous la robe. Il eut envie d'aller jouer avec elle. C'était à l'évidence le seul animal qu'il aimât dans la Création, peut-être parce qu'elle lui était restée si longtemps lointaine. Il l'avait vue pour la première fois dans son adolescence avec ses parents qui ne bougeaient jamais, dans un aller-retour en train qui demeure aussi vif qu'un éclair. C'était sa première rencontre féminine. Il l'avait revue au cours de manœuvres pendant le service militaire. Le convoi dont il faisait partie avait passé une nuit près de la mer du Nord, sur le qui-vive, et Charles était resté en sentinelle, pendant que les camarades s'offraient à grands cris, à cause du froid, un bain de minuit. Il n'avait pas été jaloux en les regardant du haut des dunes, et, quand il avait raconté leur indiscipline au gardien du jardin public, Mouchet l'avait félicité. Il l'entendait encore :

— Tout dépendait de vous, ce soir-là, Charles ! La vie de ces imprudents, l'intégrité du matériel. Si l'adversaire s'était présenté, vous étiez la première et sans doute la seule victime. En un mot, l'honneur. Je n'ai pas eu la chance d'être une sentinelle. J'ai fait partie d'une masse écrasée par des forces presque surnaturelles. Ils ne pensaient qu'à cela, les autres, en face, depuis des années. Ils polissaient leur acier et nous, nous sculptions nos gueules de bois.

— Vous n'oublierez donc jamais ces épines ? dit Charles avec une douceur étonnée.

— C'est aussi le temps de mes roses, mon ami !

Un chat vint se frotter aux jambes de Charles. Il lui fit une longue caresse. La bête eut un creux de vague, puis dressa la queue, sauta sur le muret, miaula longuement, et se laissa couler dans le jardin. Charles la vit grimper au tronc d'un tamaris et se fondre dans le rose des fleurs un instant balancé. C'était l'image de son âme. La mer s'étirait. Un homme remontait le jardin, large pantalon tombant, casque en paille.

— Vous cherchez quelque chose ?
— Non, dit Charles.
— Je vous vois là depuis un bon moment. Vous attendez quelqu'un ?

La voix violemment colorée avait des brusqueries de marionnette.

— Ou que vous seriez égaré ? J'ai vu Manouche secouer les fleurs. C'est un bon chat de garde. D'autres préfèrent les chiens.
— Je regardais, dit Charles.
— Ce n'est pas défendu, mais ça dépend quoi et comment. Vous avez plutôt l'air chat que chien, d'ailleurs ! Eh bien, regardez, monsieur !
— C'est très beau, dit Charles.
— Le travail d'une vie !
— Je parlais de la mer.
— Ça en fait partie. C'est même le premier morceau que j'ai acheté au retour des colonies, autrefois, dans le bon temps. Et j'ai mis devant mon cabanon et quelques arbres. J'ai ajouté une femme. Plus tard. Un peu avant la retraite.
— Le bonheur, dit Charles.
— Hélas ! dit l'homme en soulevant sa coiffe. Le

ciel est un farceur! J'ai pris cette femme pour le lit, naturellement. Et elle ne le quitte plus. Elle y est clouée à vie. Enfin, elle ne dit plus un mot. C'est une petite compensation.

Il remit sa paille de guingois.

— Eh bien, faites votre plein d'œil.

Le chat était revenu et se frottait aux chevilles de son maître.

— Mais oui, Manouche, je suis là! Monsieur regarde et nous envie. Vous cherchez une maison dans le coin?

— Non, je vais prendre la mer, dit Charles. Je vais continuer.

— La Terre est ronde, vous reviendrez! Mais évitez la mer du Japon et le golfe du Lion, ce sont les plus critiques. J'ai failli y rester. Peut-être qu'il aurait mieux valu. Hein, Manouche?

Il se baissa difficilement pour saisir l'animal. Quand il se releva, Charles était parti, que l'entrevue avait ragaillardi. Au vrai, la mer était dans son bagage, toujours égale dans l'émail laiteux du globe terrestre. Celle-là permet toutes les étreintes. C'est le plus beau cadeau de la famille. Les yeux de maman Sénevé sont du même bleu transparent, et l'aube aussi dans la feuille du bois qui manque à la persienne de sa chambre et que l'on doit toujours remettre. Heureusement, personne n'en fait rien. C'est l'un des bonheurs, des enfantillages de la famille.

Charles prit un bus et revint à son quartier. Il avait envie de prendre sa flûte, de jouer tout de suite. Pourquoi pas à l'entrée de l'hôtel, pour la joie des filles et de leurs clients ? Il fila d'abord une élégie, son chapeau retourné sur le trottoir. Sainte, qui l'avait fait monter au ciel trop parfumé du deuxième étage, en face, le remerciait de temps en temps d'un coup de hanche qui réclamait un air plus vif, mais Charles ne voyait que le dessin de sa mélodie, le jaillissement de son improvisation, et devenait aussi léger et fantasque qu'une boule sur un jet d'eau. Les voitures et les passants qui ralentissaient à la vue des putains à l'entrée des couloirs évoluaient à cent lieues de lui, n'existaient pas plus que les spectateurs du Grand Théâtre quand il était plongé dans la fosse de l'orchestre. Il passa de l'enjôlement qui pouvait convenir à l'endroit à la sévérité géométrique de la suite qui lui avait valu la meilleure note au concours du Conservatoire. La fille à demi nue aux jarretelles peintes sur ses cuisses, à deux pas de lui, héla Sainte de l'autre côté de la rue.

— Toi qui lui parles, dis-lui d'aller un peu plus loin. Il casse l'ambiance.

Un client l'abordait et discutait le prix.

— Que tu me touches ou que tu ne me touches pas, où est la différence ? Et tu te balades avec un coussin sous le bras ?

— C'est mon chien. Quand il est mort, il y a trois ans, j'ai cru mourir. Il ne me quitte plus.

Le couple monta dans le dos de Charles, qui descendait de quinte en quarte un passage périlleux. En face, un marin abordait Sainte et lui parlait de traversée.

— Le pays que tu veux, dit-elle.

Un gamin s'arrêta sous le nez de Charles, cette bête curieuse qui rogne un drôle d'os. Il envoya promener d'un coup de pied le chapeau des offrandes et le prit pour un ballon jusqu'au coin de la rue. D'autres travailleuses sortaient des hôtels, suivies d'individus qui filaient sur le côté et que l'on aurait pu prendre pour leur ombre. Des musiques hoquetantes frappées de verges s'échappaient d'une brasserie sur la place voisine et couraient la rue en zigzag d'une façade à l'autre devant leur fraîche et jeune sœur qui épousait si purement Charles aux yeux fermés. Dans l'étroit ciel entre les gouttières noires, passaient des charpies de nuages. Quelque serviteur peignait l'une des perruques de Haendel, pendant le repos du Maître. Une odeur d'anis se mêlait à d'autres mouvements d'algues venus des étals de poissonniers et troublait l'air déjà saisi des vertiges du chypre rejeté par les couloirs. Le jour soignait quelque chose d'humide et d'intime. Charles sauta les siècles, du salon à la cuisine. Il s'essayait maintenant à des brisures, des retournements de poissons dont sortaient les arêtes. Il s'étrangla. Le commerce avait l'air d'aller pour les filles. Un tabouret à la main, l'une d'elles en corset, les chevilles bleues, montrait à ses collègues un petit être aux épaules étroites qui venait de la quitter et s'en allait les bras ballants.

– L'étalon du siècle! disait-elle d'une voix cassée. Sainte Vierge, il faut que je m'asseye!

Elle regarda Charles marcher vers la grille d'égout et ramasser son chapeau qui n'avait plus de forme. Des voitures de police s'arrêtaient aux extrémités de la rue. A la vue des hommes qui en descendaient, blousons et permanentes, Charles se demanda quels étaient ces malfrats. Les filles avaient disparu, mais la grosse sur son tabouret ne pouvait plus bouger. Elle demanda du feu à l'un des policiers avant de le suivre. Un autre aborda Charles et saisit la flûte.

— J'habite là, dit Charles.
— Allons voir.

Il retourna le matelas de Charles, ouvrit le placard vide qu'il ramona du bout de la flûte, puis le sac qui attendait le départ. Le globe terrestre apparut.

— D'où ça vient?
— C'est à moi.
— Pourquoi pas? Il faut bien mettre un peu de luxe dans ce clapier. Qu'est-ce qu'il y a dedans?

Le policier retournait la sphère, l'agitait près de son oreille.

— Un souvenir de famille, dit Charles. Il était sur la cheminée, à la maison. C'est l'objet préféré de ma mère. Elle y fait ses voyages. Ma mère ne quitte pas son lit, mais le monde est sous sa main.

— Elle voyage là-dessus? Ça lui est indispensable?

— C'est sa vie, dit Charles.

— Mais tu pars avec! Tu l'aimes tellement, ta mère, que tu veux la faire mourir! dit-il en éclatant de rire. Tu peux me la montrer? Tu as bien sa photographie. Non? Eh bien, tu vas venir nous expliquer tout ça. On trouve des globes terrestres, de nos jours, dans le linge sale!

Il le tenait dans ses bras comme un nouveau-né.

– Prends ton sac, n'oublie rien. Ramasse ta flûte!

Elle était sur la carpette couleur de chair et ressemblait à une cicatrice.

Charles fut poussé dans le car de police, avec quelques Arabes, des passants tellement sans histoire qu'ils en étaient pâles, et un lot de filles. Le dernier garde arracha le tabouret des mains de la grosse en corset et le lança sur le trottoir. Charles vit le siège danser et rester à cheval sur le caniveau tandis que la voiture démarrait et que le globe échappait aux mains de son ravisseur. Le monde basculait. Charles se sentit glisser du fourgon et rouler dans un long couloir au bout de la banquette. La grande maison de police bourdonnait. Seul dormait le sergent de ville qui partageait ses menottes, et Charles dans un mauvais rêve s'étonnait d'avoir trois mains dont une énorme aux ongles noirs. Pour quelle fausse note était-il puni? Les filles riaient dans un couloir perpendiculaire et bien long, d'après les ricochets des bruits. On entendait aussi des pleurs d'enfants, et Charles se demandait quels délits avaient pu commettre ces innocents. Jamais il n'avait ressenti pareille détresse, et l'idée ne le soutenait pas que, arrivé au plus bas de son existence, il ne pourrait plus que remonter. L'air était de poussière chaude, avec de temps en temps l'orage sec d'une machine à écrire, une voix coupée dans le claquement d'une porte. Au mur pendaient des portraits gris barrés d'un ruban tricolore et plus loin la reproduction d'un tableau pareil à celui de la chambre de maman Sénevé : un étang gardé par de jeunes arbres droits, des peupliers ignorant leur destin de planches à cercueil et qui lui avaient depuis l'enfance serré le cœur. Si ma mère me voyait! Si elle pouvait savoir! Peut-être qu'Haendel, un jour, eut les ongles noirs et prit dans sa main le bouton de porte en faïence de l'enfer, sans le tourner, bien sûr. Charles regardait la série de boutons du couloir. Des furoncles. Le mal absolu. Il trembla et réveilla son gardien.

— Au fond à gauche, dit l'autre par réflexe. Je vous détacherai. Ne soyez pas long!

Charles se laissa conduire aux toilettes. Des escaliers partaient dans tous les sens.

— Ah, c'est une grande maison! dit le garde, mais encore trop petite pour tout ce qu'on ramasse et surtout pour tout ce qu'on devrait ramasser.

— J'ai même entendu des enfants, dit Charles.

— Mon cher ami, dès que l'on met le pied sur cette terre, on ne vaut pas tripette! Personne!

Charles, en repoussant la porte sans loquet, aperçut toute une troupe qui suivait un sergent de ville. Une belle fille donnait le bras à un barbu poivre et sel, qui remontait d'une pichenette ses lunettes noires. Des femmes à l'air gitan portaient leurs petits et suivaient leurs hommes.

Charles se mit à lire les graffiti du réduit puant :
« J'enfile la terre », « Je suis innocent », « Mes bons parents »...

On frappait à la porte. Charles sortit en se tenant le poignet.

— Il faut que je vous les remette, dit le garde en l'enchaînant.

— On attend quoi ? dit Charles.

— Le moment, dit le garde. C'est toujours plus ou moins long. Regagnons notre banquette en faisant le tour. J'ai aussi besoin de me dégourdir. On va descendre et remonter.

En longeant le vestibule d'entrée, Charles, soudain, s'arrêta devant un panneau punaisé de feuilles volantes et de photographies d'individus en cavale. C'était lui, là, pas reconnaissable, mais c'était lui ! Et à côté le vieux, pas reconnaissable, c'était papa Victor ! Ils avaient de drôles de têtes, franchement. Surtout sur ce tirage jauni. Est-ce bien nous ?

— Un instant, dit Charles. Ne tirez pas ! On les recherche ? On les a trouvés ?

— S'ils sont encore affichés, dit le garde, il y a des chances que non.

Ils reprirent leur marche. Le soleil était dehors, à l'entrée. Il n'attendait rien. Il était là, immense. Là-haut, la banquette, les boutons, rien n'avait bougé.

— On va bientôt m'appeler ? demanda Charles. Qu'est-ce qu'on a fait de mon globe terrestre ?

— Ton globe terrestre !

— Je ne l'ai pas volé, dit Charles.

— Je connais le refrain, dit le garde. C'est toujours le même. Ce qui vous manque, c'est de réfléchir, avant. Avant, c'est un tout petit mot, mais très important.

Ils se levèrent en voyant la porte s'ouvrir.

— Un instant, dit l'inspecteur en enfilant sa veste.

Il regarda longuement Charles, qui baissa les yeux. L'homme haussa les épaules, mais c'était pour ajuster son col, et il s'éloigna vers le bureau du principal, une grande pièce où l'on n'entrait jamais en manches de chemise. Seul le patron se permettait d'y être à l'aise. Il y avait là, debout dans un coin, Victor, Hélène, Bonneteau, Charlotte, Roberte, Joseph, Andersen, Rodolphe et, assise devant eux dans une bergère, Térébinthe, les trois enfants sur ses genoux. Le patron faisait tourner sur sa table un globe terrestre.

— Un bel objet, dit le patron. Trop beau pour être honnête. Je veux dire pour laisser les gens honnêtes.

— Ce globe a toujours été à moi, dit Victor en le désignant de sa flûte.

— Un moment! dit le patron. Écoutez bien, inspecteur, avant d'introduire ici le voyou chez qui on l'a trouvé. Ces personnes viennent déclarer en bas le vol de leur caravane et tout à coup l'un d'eux...

— Moi! s'écrie Victor.

— ... Lui, l'homme à la flûte, voit passer son globe dans les bras d'un de nos agents, qui me l'apporte.

— Victor s'est trouvé mal, dit Andersen. C'est pourquoi j'ai demandé tout de suite à vous voir.

— Et vous arrivez en troupe! Les nomades, j'en ai jusque-là!

— Nous sommes inséparables, dit Hélène. Nous avions une camionnette, on nous l'a volée.

— On nous a tout volé, dit Bonneteau, mes tarots, les perles de Charlotte, les cartes de Rodolphe, les bijoux de Joseph, ses mains de fatma, ses crucifix...

— Mes petits paniers, dit Roberte.

— Et la sphère! ajouta ironiquement le patron.

— Non, s'écria Victor. Elle est à moi, à trois cents lieues d'ici. Je suis très connu, là-bas. Je puis donner les noms de personnes qui ont vu chez moi ce globe terrestre: Mme Favorite, la clarinettiste; Fred, le timbalier; mon fils, Charles, le flûtiste.

— Que me chantez-vous avec tout cet orchestre?

— Du Haendel, dit Andersen d'une voix douce. Au moment où l'on croit suivre des funérailles, vers la fin de toutes choses, il vous ouvre la porte du ciel avec simplicité. Il est là, des fleurs rares à la main, la pupille vigoureuse et gentille.

Le patron échangea un coup d'œil inquiet avec l'inspecteur.

— Vous n'allez tout de même pas me faire croire que l'un de vos musiciens est venu vous apporter ce globe en souvenir et réconfort? Vous l'aviez dans votre charrette!

— Non! crièrent-ils tous ensemble.

— Amenez-moi ce traîne-savates, inspecteur ! Et sachez bien qu'en ce moment même on se tue, on se drogue, on prépare des attentats, on viole, on pille, et que je ne suis pas là pour regarder le soleil, si divin qu'il soit, caresser l'étendue laiteuse de ce globe, ma foi, superbe.

— Victor n'a jamais dit que la vérité, dit Hélène.

— C'est votre père ? demanda le patron et sa voix tombait par degré, votre amant ? Il me semble d'un âge à faire plutôt des infarctus que des enfants !

— Dorothée, la femme de Haendel, était de trente ans plus jeune que lui, et Victor est notre ami, dit Andersen. Nous ne faisons qu'un. Vous parlez d'orchestre si justement ! Nous sommes ensemble pour aimer le bonheur.

— Notre Grand Théâtre, dit Victor en faisant une pause et il ajouta : Vous pouvez appeler le directeur. Vous pouvez interroger votre collègue, le commissaire Malandre.

— Malandre, vous connaissez Malandre ? Nous avons fait nos études ensemble, la communale, le lycée, le concours de la police. Nos voies ont bifurqué, se sont croisées, de nouveau séparées, mais nous nous envoyons à chaque nouvel an une carte de vœux, imprimée de fleurs et de maximes. Vous connaissez Malandre ! Permettez ? Je demande à la standardiste de me l'appeler. Christine ? Oui, et vous me le passez en urgence.

A ce moment, la porte s'ouvrit et Victor poussa un cri. Le sergent ouvrit les menottes du prévenu.

— Charles!
— Mon père!

Les deux hommes se précipitèrent l'un vers l'autre et ne firent plus qu'un, les flûtes sur leur double dos.

Les autres les regardaient, et les enfants s'étaient mis à pleurer de peur.

— En entrant ici, j'ai vu nos portraits dans le vestibule, dit Victor. Est-ce bien nous que l'on recherche?

— Quels portraits? demanda le patron. Apportez-les-moi, inspecteur!

Il décrocha le téléphone qui l'appelait.

— Malandre? Oui, c'est moi! Ta voix n'a pas changé.

— La tienne non plus!

— Malgré la distance!

— Et ces craquements!

— On vieillit, que veux-tu! Comment va ta femme?

— Je ne suis toujours pas marié, mais j'ai peut-être du nouveau. Et toi?

— La vie courante. Quelques meurtres. L'islam qui monte. Je t'entends très mal!... Elle est musicienne? Allô?

— Je suis là. Elle s'appelle Favorite, comme son mari, mais je l'appellerai toujours Favorite. Quel temps fait-il?

— Chaud, très bien. Et chez toi? Il pleut pour ne pas changer?... Courage! A bientôt!

Victor présentait Charles à Hélène.

— Il pleut chez vous, dit le patron en raccrochant.

L'inspecteur apportait les deux clichés jaunis, et d'une main masquait les barbes.

— Ou ce sont eux, murmura-t-il, ou je ne suis plus moi.

— Ôtez votre main et faites-les raser, dit le patron en sonnant la standardiste.

— Rappelez-moi le commissaire Malandre, Christine. J'allais oublier notre affaire! L'amitié aveugle!... Comment?... (Il baisse la voix:) Oui, Cricri, ce soir, à l'angle de la *Brasserie des Aigles*, même heure, fais-toi belle... (Il claironne:) Allô, Malandre?

Charles et Victor s'étaient rapprochés du bureau et regardaient la sphère.

La lune est en ruine au bord de la fenêtre, et des parfums paresseux venus du jardin public la liseronnent. La lampe, au chevet de Dorothée Sénevé, éclaire jusqu'à la corde les mains de la femme grise qui regarde ses veines et ses peines. Elle les a posées, et son bracelet en poil d'éléphant, sur les feuilles de papier qu'elle a noircies au crayon. Un moustique joue dans l'abat-jour. Pour le chasser, Mme Sénevé prend sur le drap qui moule ses longues et maigres jambes la tapette à mouches, sa compagne. L'insecte finira bien par venir se poser et il ne lui échappera pas. Elle noue le col en dentelles de sa chemise de nuit, relève sa pile d'oreillers et s'y adosse confortablement. Sur le mur, le tableau de l'étang aux peupliers, ovale et froid, a la tristesse innocente d'un œil de verre. Minuit bientôt. Victor et Charles vont rentrer de l'Opéra. Ils se feront peut-être cuire un œuf. Ils mangeront un peu de fromage et une banane, leur fruit préféré. Ils parleront de leur soirée, du public et du Volatile. Ils appellent comme cela le chef qui mène leur orchestre. C'est à peu près leur seul humour. Victor, mon mari, fera des remarques sur tel ou tel arpège, sur une reprise de souffle, sur un dièse manqué par le ténor. Charles, mon fils, l'approuvera. Avant de se séparer, ils viendront voir si je dors, si mon rideau est assez tiré, s'il reste de la fleur d'oranger dans le verre d'eau, si j'ai bien pris mes pilules. Je ferai semblant de dormir. Je suis celle qui dort toujours quand ils rentrent. Je ne voudrais pas prendre un instant sur le temps de leur nuit. Je leur épargnerai cette angoisse, quand ils me surprennent à rêver les yeux ouverts et me demandent si je souffre. Je leur dis la vérité. Je ne souffre pas. Même l'absence de sommeil ne m'est pas une gêne. Au hasard du jour et de la nuit, je sombre une couple d'heures et cela me suffit. Le reste du temps, je l'occupe avec mon crayon parce que, dès le premier jour où j'ai songé à offrir de beaux dimanches à Victor et à Charles, je me suis dit que je pourrais effacer plus facilement le crayon que l'encre. Une gomme suffit. Il me répugnerait de détruire ce joli papier qu'ils m'offrent les jours d'anniversaire et de fête. J'ai toujours tout gardé. Il y a dans l'armoire mes vêtements d'enfance. Je pensais qu'ils serviraient à mes enfants. Je n'ai eu qu'un garçon, et le pauvre n'a pas l'air de se soucier d'une femme. Je ne voudrais pas que l'on me croie déçue, en quelque domaine. Lorsque j'ai rencontré Victor, nous étions déjà en famille, des cousins presque germains. Cela s'est fait le plus naturellement du monde et presque sans rêverie, sans soupçons, sans peur, bien qu'il eût la musique pour maîtresse. Elle m'a toujours plu. Je crois que c'est elle qui lui a donné Charles, et j'ai toujours été heureuse de les servir. Cela n'empêche pas que j'ai désiré pour eux de hautes aventures et la peau de personnages facétieux que j'eusse aimé qu'ils fussent. Enfin, les choses étant ce qu'elles sont, ils m'intéressent plus qu'ils ne croient et comme malgré eux. Certes, je les fais encore trop dormir, mais c'est parce que je ne dors pas moi-même. Je voudrais leur offrir une compagne parfaite, et le ciel ne l'a pas voulu, mais je ne me plains pas. Ça les étonne, quelquefois. Je me rappelle la tante Olga, celle du côté de qui nous vient le globe. A vingt ans on la roulait dans une petite voiture. On avait fait des plans inclinés dans toute la maison. Elle aimait surtout le jardin d'hiver, mais partout, du salon à l'office, on n'entendait que son rire. C'était la plus heureuse. Ici, le rire manque, mais nous sommes comme cela. Victor et Charles ont une gaieté profonde que l'on ne voit pas et je m'amuse moi-même beaucoup, au cœur de l'immobilité. Le bonheur est assez vulgaire. Nous avons le luxe. Je me suis demandé si toutes ces conquêtes, ces voyages que je leur souhaite et note, ne sont pas superflus, mais si j'en éprouve tant de plaisir, c'est qu'ils sont nécessaires et donc possibles, je veux dire réalisables. Je ne doute pas qu'un jour Charles et Victor, saisis par la drogue que je leur instille, s'en aillent au fil de mes croisades. S'ils n'y pensent pas encore, c'est mon devoir de les leur souffler. Je ne peux pas leur imposer éternellement de venir donner des duos à cette forme presque toujours clouée dans sa chambre! Ils jouent à ravir. Je n'ai jamais rien à leur reprocher, ni sentimentalité, ni faute de tempo, ni même une quelconque condescendance à me plaire. Quand j'en ai assez, je ferme les yeux. Ils me croient endormie, achèvent leur cadence et partent sur la pointe des pieds pour reprendre leur travail en bas, dans le salon, où ils s'enferment, et où ils reçoivent leurs élèves. Je reprends mes papiers, et c'est agréable ces lointaines, à peine perceptibles, flûtes. Ce sont les frémissements d'ailes de mon ange gardien. Il est heureux de me voir alors offrir toutes les gourmandises à la vie secrète de mes hommes. Je ne suis plus Dorothée Sénevé, longue femme infirme d'une maigreur d'archet, mais une créature solide, à large poitrine, qui chante comme un chaudronnier bosselant ses cuivres, et la lumière cisaille mes feuilles. A côté de moi dans le contre-jour, Haendel, ses manches de soie retroussées jusqu'aux biceps, rivalise de vitesse, compose, biffe, fait éclater ses plumes d'oie, se lève, saisi par la soif, et demande sa servante préférée. Elle arrive en feu, indécente et rousse...

— Entrez!

— Maman, dit Victor avec douceur, il est minuit et tu ne dors pas?

— As-tu besoin de quelque chose? ajoute Charles.

Les deux visages glabres se penchent sur elle. Ils rentrent du Grand Théâtre comme du bureau.

— Comment va *Néfertiti*? demande Mme Sénevé.

— De trois heures quarante elle passe à deux heures vingt. On a coupé le chœur des prêtres.

— Bien, dit Dorothée. Les prêtres, c'est toujours trop long.

— Mme Favorite t'envoie ses meilleures pensées, dit Charles.

— Veux-tu que nous rangions tes feuilles? Tu en as fait tomber sur la carpette.

— Laissez, dit Mme Sénevé. Il faut qu'elles s'aèrent.

Les hommes lui donnent un baiser sur le front et regagnent leurs chambres. Une clarté bleue sort du globe terrestre sur la commode.

— Écoute, Dorothée! murmure Mme Sénevé — et ce qu'elle énumérait dans son cœur arriva dans l'ordre prévu : grincement de porte, chasse d'eau, couinement d'une fenêtre, gémissement d'un sommier et, pour finir, bruit d'insecte qui entre avec reprises et précaution dans le silence : Victor remonte la sonnerie de son réveil.

Elle se leva en deux temps, assise un moment au bout du lit, les pieds sur les feuilles de son manuscrit. La vraie vie est là. Elle en ramassa les fragments et les glissa dans une chemise. Le tout ne pesait pas lourd. Tant de routes! Tant de ciels! Un tel amour! Elle alla regarder les toits dont l'encre est plus claire que celle du haut des arbres. Les raies du plancher sont encore tièdes, mais froid le rebord de la fenêtre. Le décalage est général en toutes choses, ma tête ardente, mes mains glacées. Il n'y a rien d'autre à faire qu'à se recoucher, à poursuivre l'*Histoire de la musique* sur la table de nuit et en couper le cours de-ci de-là par un passage des Évangiles, dont le petit livre pousse une corne noire sous l'amas des oreillers, mais Mme Sénevé reprit les feuilles qu'elle venait d'écrire. Les retrouvailles fatales de ces deux hommes la faisaient soupirer. On ne peut vraiment rien en tirer! Ils font bien la paire! Sur l'avenir désarmant dont les eaux plates ressemblent à celles de l'étang qui dort sur le mur, la flûte seule laisse courir et danser ses feux follets. Les hommes, quel opéra de les aimer! J'ai beau leur offrir les plumes éclatantes des coqs dont tout est fier, même l'ombre, ils restent des capons, mais courage! Ne change ni de main ni de jeu. Les misères en chapelet tournent au plaisir. Ta lumière est verte, de jour et de nuit, comme celle de l'Ecclésiaste qui dit pourtant que tout est vain. Oui, verte est l'ombre des coqs!

Mme Sénevé respira profondément, pour aller rechercher un peu de vie. Le puits de la vérité était chaque jour plus profond, son eau difficile à atteindre. Une fraîcheur qui sentait la terre ouverte venait du jardin public. Lève-toi, ma vieille! Elle alla s'appuyer au rebord de la fenêtre. Il en était ainsi presque chaque nuit. Les autres dormaient, aussi à l'étroit dans le columbarium de la nuit que dans les heures de la vie courante. D'étranges idées la saisissaient. Le travail nouveau qu'elle venait d'accomplir en faveur de Charles et de Victor, il ne fallait pas que l'on en eût connaissance avant cinquante ans, à dater de leur mort, de peur que ce qu'ils avaient fait dans sa tête n'attirât leur réprobation, ne nuisît aux survivants, même à l'extrême de leur vie, telle Hélène, par exemple. La souffrance, pour moindre qu'elle soit avec le temps, ne relâche pas ses mâchoires et mord toujours. Le mieux serait de détruire le récit de leur maigre odyssée, mais Mme Sénevé y tenait plus qu'à sa chair, plus qu'à celle à laquelle elle s'était liée un jour et qui avait donné naissance à la chair de sa chair. Elle était un tunnel d'images qui finissait par déboucher sur sa tombe, simple et nue dans le rêve déplié. Ne devenait-elle pas folle ? Comment, dans la nuit que la lune retourne d'un lent coup de bêche, l'odeur des pois de senteur fait-elle toujours son étonnement ? Et le parfum d'amours limitées à l'échange d'un gant de cuir souple et d'une pochette en soie, comment le chèvrefeuille, le long du mur, peut-il l'insinuer dans son âme ? Pourquoi tout dans la nature, même dans l'endormissement de la nuit, la fait-il tant souffrir ? Pourquoi, dans ses déplacements que les autres ignorent, retrouve-t-elle, poussée à sa fine fleur, l'odeur de l'enfance plus acide, écœurante et tenace que celle des bonbons anglais, ses favoris ? Mme Sénevé en prit un dans le drageoir et se retourna vers le lit où reposait en chemise rose le récit merveilleux. Autour de ce nouveau-né, perdu dans la clarté lunaire, se tenaient en visite, silencieux et souriants, pleins d'une grande amitié, Hélène, Térébinthe et ses petits, Charlotte, Roberte, Joseph, Andersen, Rodolphe, Bonneteau, Fred le timbalier, les Favorite qui se tenaient par la main près du commissaire Malandre, le directeur du Grand Théâtre, Judith Esclancier, des filles de passage comme l'est la joie, les Deuil père et fils qui regardent les bibelots et les cadres, et derrière eux, prenant des notes et des croquis, Klaus Knapperschnaps à l'œil broussailleux, l'étroit Mélanidès en vêtement si ajusté que l'on ne perd rien de ses formes, une main sur l'épaule de Simplon, l'aléatoire.

— Vous êtes seule? demanda Andersen. Charles et Victor ne viennent pas?

— Ils dorment, dit-elle. Excusez-les.

— Non, dit Andersen à voix basse. Le moindre savoir-vivre...

— Ils ne l'ont pas! coupa Mme Sénevé.

— L'art de vivre est pourtant le premier des beaux-arts!

La troupe l'applaudit.

— Ne faites pas de bruit, dit Mme Sénevé. Cela me fait peur.

Elle les reconduisit en bas sans que l'escalier eût un craquement et leur ouvrit la porte sur la rue. Calixte le routier les attendait au pied de son camion en fumant un méchant cigare qui lui piquait les yeux. Il avait l'air impatient. Mme Sénevé referma à clé et commença sa ronde de nuit. C'était son examen de conscience. Je n'aurais pas dû faire se rejoindre Charles et Victor à Marseille, mais plus tard, après la traversée de la mer, débarqués dans une île sans femmes, où l'on mettrait dorénavant tous ceux qui n'ont aucune attention pour nous, aucune prévenance. Certes, ce ne serait pas une petite île! J'irais deux fois l'an me faire donner de leurs nouvelles par un gardien qui me serait dévoué. Mouchet me semble tout indiqué. Lorsque enfin Charles et Victor auraient des pensées pour moi, nous les ferions revenir. Ce seraient de vrais compagnons qui m'offriraient la vie, tandis que j'en suis à rêver la leur et qu'ils n'y prennent pas garde.

Elle s'arrêta devant la chambre de son mari, les mains serrées, longue et sévère, et lança entre ses dents un flot d'insultes et de grossièretés. Elle s'en étonnait toujours et se demanda une fois de plus d'où elle tirait ces venins et ces excréments. Elle se serait fait rougir si pouvait se colorer en totem sauvage, des plumes incandescentes dans le derrière, une sainte statue colonne. Elle traversa le palier vers la porte du fils.

— « Mon ami, mon fruit sec! »

Elle monta les marches, mes pauvres jambes, mon dos, mes reins! vers le grenier où le cheval de bois du petit Charles regardait sécher une éternelle lessive. Je me suis encore laissée aller! grommelait-elle, quand il ne faudrait pas tout dire, par respect pour soi! Mais enfin, ils n'ont pas entendu. Ô bruits de Haendel sur sa chaise percée! Je n'écouterai plus à certaines de mes portes! Je vous demande pardon. Est-ce que je mérite les aventures que je vous donne?

Mme Sénevé caressa le jouet à bascule. Le vasistas dans le toit découpait un peu d'éternité. Je leur ai tissé une vie trop grossière et de mauvais drap, mais un beau jour je leur passerai le vêtement convenable, orné d'une pochette de surnaturel. Ces paysages où je crains de n'aller jamais, je veux les voir par leurs yeux. Ces villes dont l'air tremble différemment pour chacun, selon l'aigrette du vent et la couleur de voix de leurs hommes, ils y entreront : cheval, timbales et flûtes, en conquérants, pour me les offrir.

Mme Sénevé reprit courage et regagna sa chambre. Elle ne tenait plus. Elle s'allongea près de Haendel, et sa main se posa sur la chair rose et lisse. Froide, hélas! Le manuscrit avait la taille d'un mort-né. Elle le démaillota jusqu'au dernier lange, regarda tendrement la feuille où Charles et Victor tombaient dans les bras l'un de l'autre, et elle y posa ses lèvres. Il y eut un coup léger, répété, dans la cloison, et la voix du père.

— Tu dors ? Ça va ?

— Oui, répondit Dorothée, émue par cette toute nouvelle gentillesse.

Puis le silence revient, que traversent, à longs raclements d'archet, les trains vers la haute Europe. Oh non! Plus de fagnes, plus de mers saisies par les glaces! Mme Sénevé frissonne, et le jardin public, à la fenêtre qu'elle ne veut pas fermer, la calme par la douceur poivrée de ses pivoines. Moi aussi, je me suis parfumée, chère Judith! Moi aussi, Jeanne, j'ai porté des boléros mauves à scarabées verts! Moi aussi, Hélène, je fus la lumière! Elle soupçonna derrière les arbres, au-delà des toits qu'amollissaient des blancheurs, l'odeur affaiblie, mais tenace, d'ail et de vase du restaurant *La Truite heureuse*. C'est là qu'elle a fêté son mariage avec Victor, il y a des siècles. Hier, à peu près.

Entre les aquariums éclairés à la Mélanidès où les homards bleus tentent en vain de s'enfoncer dans un gravier pied-de-poule au pied de minuscules rochers romantiques, elle a mangé l'un d'eux. Les autres dirigeaient vers elle leurs antennes et faisaient imperceptiblement, du bruit même de la désespérance, grincer les vitres à la mémoire de leur frère. Que peut-on attendre d'un mariage qui commence par un haut-le-cœur? Victor s'était montré navré de la pâleur de Dorothée, mais il n'en avait jamais su la cause. Elle ne la lui avait jamais dévoilée. Il pourrait la lire un jour, dans le deuxième cahier de ses Mémoires, celui qui succède aux années d'enfance, où brillent quelques beaux dimanches, mais en aurait-il jamais la curiosité? Ce n'est pas un défaut, mais la première des qualités. Victor ne l'a pas. Dorothée égrena une nouvelle série d'apostrophes malséantes, mais c'était contre elle-même, cette fois. Comment avait-elle pu supporter cette médiocrité? Ces riens, ces secondes, minutes, heures et tours de cadrans, glabres dans une irréelle buée? Jamais de jeu! Telles sont les cartes que le ciel m'a données, cinquante-deux sept de pique! Ah, que s'ouvre le théâtre du sommeil! Andersen dans le trou du souffleur soutient le texte qu'elle doit chanter:

— Les derniers lieux sauvages sont les livres!
— Les derniers lieux possibles! lança-t-elle.
— Ne brodez pas, madame Sénevé, contentez-vous de répéter. On ne vous a pas attendue! Et gardez le ton, ajoute le Volatile. *Ut* majeur sur toute la phrase! Les derniers lieux possibles! Comment, c'est du Haendel?

Mme Sénevé jeta un œil sur l'orchestre. La main de Mme Favorite touchait le genou de Charles, et là-haut, dans l'ombre du poulailler, Hélène cachait mal sur ses genoux la tête de Victor. Moi aussi j'ai eu des seins hauts et fermes! Le rideau lentement se baissa tandis que le dieu des ombres avait encore la force de lui murmurer que l'on se fait à tout. A chacun sa nuit. Il était une fois l'avenir.

Le jour cependant commençait à naître. En chatte, l'odeur du café passait la patte sous la porte. Mme Sénevé rouvrit les yeux en entendant les flûtes, en bas, gymnastique matinale de ces messieurs. Ô condition féminine! L'étrange idée qu'une fortune, cette énorme rançon, l'attendait dans un bosquet du jardin public l'éveilla tout à fait. La lumière si jeune tournait à l'orage. A sept heures trente, les hommes lui monteront une tasse et deux tartines. Elle se leva, prit la chemise rose, contourna le globe sur le bonheur-du-jour et ouvrit son placard secret, un panneau dans la boiserie à moulures dont elle seule connaît le coulissement. Peut-être leur ai-je donné cette fois des aventures trop tristes? Il faudrait que je tienne la gaieté jusqu'au bout. Mais oui, ils le méritent, et tout compte fait je m'y retrouverais. Je n'ai pas encore trouvé le ton. Quelle diablerie d'écrire !

Sur l'étagère cachée, elle glissa Haendel à la suite des chemises de Monteverdi, de Bach père et fils, de Purcell, et referma la cachette. Il ne faut pas désespérer. C'est bien le diable en effet si je ne déniche pas ce qui leur convient. D'une plume à la duchesse, cette fois, en inversant les pleins et les déliés ! Elle se remit au lit, ajusta sa table portative. Sept heures trente : la tasse et les tartines, deux baisers, et ils me lancent : tu as l'air en forme, Dorothée. A quoi bon leur dévoiler mon cœur ? Ils sont déjà partis !

Le jour plein de feuilles, massif et lent, occupait la fenêtre et s'y faisait un œil charbonneux. Mme Sénevé le regarda fixement.

— Essayer Brahms, peut-être ?

DU MÊME AUTEUR

Aux Éditions Gallimard

Romans

L'AUTRE RIVE.

MIROIR D'ICI *(L'Ombre)*.

LE GOUVERNEUR POLYGAME.

LA PORTE NOIRE (Collection Folio).

LE TÉMÉRAIRE (Collection Folio).

LA ROSE ET LE REFLET (L'Imaginaire).

JULES BOUC.

Récits

LA DAME DE CŒUR.

CONNAISSEZ-VOUS MARONNE ?

Nouvelles

MÉMOIRES DE LA VILLE.

VESSIES ET LANTERNES (prix de l'Académie française 1971).

LA BARQUE AMIRALE.

FOUETTE COCHER (Goncourt de la nouvelle 1974).

LES PRINCES DU QUARTIER BAS.

L'ENFANT DE BOHÈME.

UN ARBRE DANS BABYLONE (grand prix de Monaco 1979).

LE VENT DU LARGE.

LE CHANT DU COQ.

TABLE D'HÔTE (Collection Folio).

LES JEUX DU TOUR DE VILLE.

LES NOCES DU MERLE.

L'ÉTÉ DES FEMMES.

Poésie

RETOUCHES (prix Max Jacob 1970).

TCHADIENNES.

LES DESSOUS DU CIEL.

TIRELIRE.

LA POULE A TROUVÉ UN CLAIRON (Enfantimages, *illustrations de Danièle Bour*).

ŒILLADES.

LE CHAT M'A DIT SON HISTOIRE.

VOLIÈRE.

HÔTEL DE L'IMAGE.

DRAGEOIR.

LUCARNES.

INTAILLES.

À LA MARELLE.

RETOUCHES (Collection Poésie).

CARILLON. Retouches.

LE PORTE-ŒUFS. Retouches.

Théâtre

C'EST À QUEL SUJET? suivi de LE ROI FANNY.

À LA BELLE ÉTOILE – À VOTRE SERVICE – LE BEAU VOYAGE.

COUP DE LUNE – LA PARTIE DE CARTES – LE VOYAGE DE NOCES.

LA TOISON D'OR – LE PARADIS.

Aux Éditions de La Table Ronde

Romans

LA RUE FROIDE.

LE TÉMÉRAIRE.

LA PORTE NOIRE.

Aux Éditions Laffont

Romans

LA MER À CHEVAL.
LES PORTES.
LA NACELLE.
LA ROSE ET LE REFLET.

Nouvelles

LE CHEMIN DES CARACOLES (prix Sainte-Beuve 1966).
LE JARDIN D'ARMIDE.

Aux Éditions Casterman

Nouvelles

LE CHANT DES MATELOTS.
LES GRANDS.

COLLECTION FOLIO

Dernières parutions

2245.	Pierrette Fleutiaux	*Histoire de la chauve-souris.*
2246.	Jean de La Fontaine	*Fables.*
2247.	Pierrette Fleutiaux	*Histoire du tableau.*
2248.	Sylvie Germain	*Opéra muet.*
2249.	Michael Ondaatje	*La peau d'un lion.*
2250.	J.-P. Manchette	*Le petit bleu de la côte Ouest.*
2251.	Maurice Denuzière	*L'amour flou.*
2252.	Vladimir Nabokov	*Feu pâle.*
2253.	Patrick Modiano	*Vestiaire de l'enfance.*
2254.	Ghislaine Dunant	*L'impudeur.*
2255.	Christa Wolf	*Trame d'enfance.*
2256.	***	*Les Mille et une Nuits*, tome I.
2257.	***	*Les Mille et une Nuits*, tome II.
2258.	Leslie Kaplan	*Le pont de Brooklyn.*
2259.	Richard Jorif	*Le burelain.*
2260.	Thierry Vila	*La procession des pierres.*
2261.	Ernst Weiss	*Le témoin oculaire.*
2262.	John Le Carré	*La Maison Russie.*
2263.	Boris Schreiber	*Le lait de la nuit.*
2264.	J. M. G. Le Clézio	*Printemps et autres saisons.*
2265.	Michel del Castillo	*Mort d'un poète.*
2266.	David Goodis	*Cauchemar.*
2267.	Anatole France	*Le Crime de Sylvestre Bonnard.*
2268.	Plantu	*Les cours du caoutchouc sont trop élastiques.*
2269.	Plantu	*Ça manque de femmes!*

2270.	Plantu	*Ouverture en bémol.*
2271.	Plantu	*Pas nette, la planète !*
2272.	Plantu	*Wolfgang, tu feras informatique !*
2273.	Plantu	*Des fourmis dans les jambes.*
2274.	Félicien Marceau	*Un oiseau dans le ciel.*
2275.	Sempé	*Vaguement compétitif.*
2276.	Thomas Bernhard	*Maîtres anciens.*
2277.	Patrick Chamoiseau	*Solibo Magnifique.*
2278.	Guy de Maupassant	*Toine.*
2279.	Philippe Sollers	*Le lys d'or.*
2280.	Jean Diwo	*Le génie de la Bastille (Les Dames du Faubourg, III).*
2281.	Ray Bradbury	*La solitude est un cercueil de verre.*
2282.	Remo Forlani	*Gouttière.*
2283.	Jean-Noël Schifano	*Les rendez-vous de Fausta.*
2284.	Tommaso Landolfi	*La bière du pecheur.*
2285.	Gogol	*Taras Boulba.*
2286.	Roger Grenier	*Albert Camus soleil et ombre.*
2287.	Myriam Anissimov	*La soie et les cendres.*
2288.	François Weyergans	*Je suis écrivain.*
2289.	Raymond Chandler	*Charades pour écroulés.*
2290.	Michel Tournier	*Le médianoche amoureux.*
2291.	C. G. Jung	*" Ma vie " (Souvenirs, rêves et pensées).*
2292.	Anne Wiazemsky	*Mon beau navire.*
2293.	Philip Roth	*La contrevie.*
2294.	Rilke	*Les Carnets de Malte Laurids Brigge.*
2295.	Vladimir Nabokov	*La méprise.*
2296.	Vladimir Nabokov	*Autres rivages.*
2297.	Bertrand Poirot-Delpech	*Le golfe de Gascogne.*
2298.	Cami	*Drames de la vie courante.*
2299.	Georges Darien	*Gottlieb Krumm (Made in England).*
2300.	William Faulkner	*Treize histoires.*
2301.	Pascal Quignard	*Les escaliers de Chambord.*
2302.	Nathalie Sarraute	*Tu ne t'aimes pas.*
2303.	Pietro Citati	*Kafka.*

2304.	Jean d'Ormesson	*Garçon de quoi écrire.*
2305.	Michel Déon	*Louis XIV par lui-même.*
2306.	James Hadley Chase	*Le fin mot de l'histoire.*
2307.	Zoé Oldenbourg	*Le procès du rêve.*
2308.	Plaute	*Théâtre complet, I.*
2309.	Plaute	*Théâtre complet, II.*
2310.	Mehdi Charef	*Le harki de Meriem.*
2311.	Naguib Mahfouz	*Dérives sur le Nil.*
2312.	Nijinsky	*Journal.*
2313.	Jorge Amado	*Les terres du bout du monde.*
2314.	Jorge Amado	*Suor.*
2315.	Hector Bianciotti	*Seules les larmes seront comptées.*
2316.	Sylvie Germain	*Jours de colère.*
2317.	Pierre Magnan	*L'amant du poivre d'âne.*
2318.	Jim Thompson	*Un chouette petit lot.*
2319.	Pierre Bourgeade	*L'empire des livres.*
2320.	Émile Zola	*La Faute de l'abbé Mouret.*
2321.	Serge Gainsbourg	*Mon propre rôle, 1.*
2322.	Serge Gainsbourg	*Mon propre rôle, 2.*

*Composé par la Société Nouvelle Firmin-Didot
et achevé d'imprimer par Bussière
à Saint-Amand (Cher)
le 12 décembre 1991.
Dépôt légal : décembre 1991.
Numéro d'imprimeur : 3444.*
ISBN 2-07-038448-9./Imprimé en France.

54677